Polly Schlottermotz

Walfisch Ahoi!

Lucy Astner wurde 1982 in Hamburg geboren. Sie mag Schokolade essen, Trampolin springen und lachen, bis der Bauch wehtut. Und eben weil sie selbst so gerne lacht, hat sie ihr Hobby zum Beruf gemacht und schreibt Drehbücher für Kinofilme, mit denen sie viele andere Menschen zum Lachen bringt. Mit ihren beiden Töchtern und ihrem Mann lebt sie heute mitten in Hamburg-Eimsbüttel. Hier sind ihr nicht nur Kanalpiraten und Großstadtfeen begegnet, sondern auch ein kleines Mädchen mit potzblitzstarken Zauberzähnen: POLLY SCHLOTTERMOTZ. Und diesem Abenteuer konnte Lucy sich einfach nicht entziehen ... **www.lucyastner.de**

Polly Schlottermotz bei Planet!:

Polly Schlottermotz
Bd. 1

Polly Schlottermotz
Bd. 2: Ein Rüssel kommt selten allein

Polly Schlottermotz
Bd. 3: Attacke Hühnerkacke

Lucy Astner

POLLY SCHLOTTERMOTZ

Walfisch Ahoi!

Mit Illustrationen von Lisa Hänsch

PLANET!

Für all die Mädchen und Jungen, die
mir mit ihrer POLLY-Post potzblitzgroße Freude
gemacht haben – ihr seid toll!

Hoch oben im Baum

»Potzblitz! Irgendwo *muss* der Aufsatz doch geblieben sein!« Energisch stellte Polly sich auf die Zehenspitzen und lehnte sich noch ein Stück weiter aus dem Fenster. »Ich habe ihn genau hier zum Trocknen in den Baum gehängt, da bin ich mir ganz sicher!«

Hinter ihr im Zimmer erklang Charlottes Gekicher. »Ein kleines bisschen noch, dann kannst du die Blattläuse im Baum mit der Nasenspitze begrüßen.«

»Oder die Fische unten im Kanal!«, korrigierte sie Isabella und stimmte vergnügt in das Lachen ihrer Schwester ein.

Polly fand das alles kein bisschen witzig! Die Zwillinge hatten zwar recht, ja: Die Blätter des umgeknickten Baumes vor ihrem Fenster kitzelten schon bedrohlich an ihren Nasenflügeln, aber davon würde Polly sich nicht aufhalten lassen. »Ich finde diesen potzblitzverflixten Aufsatz! Und wenn es das Letzte ist, was ich tue!« Entschlossen stieg sie auf das Fensterbrett und klammerte die Hände um einen dicken Ast.

Charlotte hielt erschrocken die Luft an, doch Isabella legte ihr beruhigend die Hand auf die Schulter. Immerhin kannte sie Polly schon eine ganze Weile und wusste, dass sich das kleine Vampirmädchen nicht so leicht aus der Ruhe bringen ließ – oder aus dem Gleichgewicht.

»Keine Sorge! Polly ist die weltallerbeste Baumkletterkünstlerin. Würd mich nicht wundern, wenn sie irgendwann auf einer Kokosnussplantage im Dschungel anheuert und den Äffchen Konkurrenz macht.«

Polly konnte das Kichern der Schwestern bis draußen im Geäst hören. Obwohl die ganze Angelegenheit überhaupt nicht lustig war, konnte auch sie sich ein klitzekleines Grinsen nicht verkneifen. Isabella kannte Polly einfach zu gut: Wenn es sein müsste, würde sie auch auf die Spitze des Wolkenzahns klettern, um an ihren Aufsatz zu kommen.

Vor zwei Wochen hatte ihre Klassenlehrerin Frau Grübchen die Aufgaben zum Thema »Unterwasserwelten« verlost. Polly liebte das Meer und alles, was mit dem Wasser zu tun hatte, immerhin hatte sie den größten Teil ihres Lebens auf dem Bauernhof ihrer Familie an der Ostsee verbracht. Sie konnte gar nicht genug kriegen von den glänzenden Muscheln im Sand, den fünfarmigen Seesternen am Meeresgrund und den abenteuerlustigen Delfinen,

die sich immer mal wieder in die Ostseebuchten verirrten. Selten hatte Polly sich so auf eine Schulaufgabe gefreut! Doch als sie ihr Los endlich in den Händen gehalten hatte, war ihre gute Laune schneller verflogen als einer von Tante Winnies brandheißen Bohnenpupsen: *Quallen!* Ausgerechnet über die fiesen blauen Nesselquallen sollte Polly ihren vierseitigen Aufsatz schreiben? Das konnte doch nicht wahr sein! Wenn es ein Meereswesen gab, das Polly nicht ausstehen konnte, dann waren es die gemeinen Glibbertiere, die wie Gespenster aus Wackelpudding durch das Ostseewasser waberten und auf der Haut brannten wie tausend kleine Flohbisse. Natürlich hatte Polly versucht, mit ihren Klassenkameraden zu tauschen. Dem frechen Lukas wollte sie seinen »Hammerhai« abluchsen und mit der lieben Yutga hatte sie um den »Schweinswal« gewettet – vergeblich … Nicht mal eine ganze Kanne von Winnies heißer Schokolade hatte ihre chinesische Mitschülerin überzeugen können, mit Polly zu tauschen. Es wollte einfach keiner über die potzblitzblöden Quallen schreiben …

Und so hatte Polly sich schließlich mit viel Murren an die Arbeit gemacht. Zwölf Tage lang hatte sie sich durch die dicksten Bücher gequält, hatte über Nes-

selzellen, Plankton und Gift-Tentakel geschrieben und die schauerlichsten Quallenzeichnungen aufs Papier gezaubert. Doch als sie endlich fertig war, kam es noch schlimmer: Kaum hatte sie den Aufsatz zum Probelesen auf den Küchentisch gelegt, hatte Graf Zappenduster beim Anblick der feurigen Tentakel den Schreck seines Lebens bekommen.

»Hinfort mit den Fangarmen des Teufels!«, hatte er gebrüllt und Pollys Arbeit mit einem großen Glas von Winnies Mondwasser übergossen …

Seit Friedebald von Zappenduster, seine Frau Konstanze und Isabellas Zwillingsschwester Charlotte nicht mehr zu Stein erstarrt waren, rechnete der Graf beinahe stündlich mit einem Angriff der hinterhältigen Finsterfürsten. Dass die Schurken bei ihrer letzten Attacke an der Ostsee von Pollys Nachbar Justus auf die Größe von zwei Walnüssen geschrumpft worden waren, beruhigte Isabellas Vater dabei nicht im Geringsten. Und auch dass die Minifürsten gar nicht wussten, wo sich Familie Zappenduster versteckte, machte Graf Friedebald keinen Mut. Hinter jedem Vogelzwitschern vermutete er eine böse Überraschung, hinter jedem Mäusepups einen Kanonenangriff – und in Pollys Quallenbildern hatte er nun offenbar eine besondere Bedrohung erkannt.

»Die ganze Arbeit … *alles umsonst!*« Dicke Tränen waren aus Pollys Augenwinkeln geschossen. In zwei Tagen würde sie den Aufsatz abgeben müssen – und so kurz vorher sollte nun alles ruiniert sein?

Tante Winnie hatte Graf Zappenduster daraufhin einen vorwurfsvollen Blick zugeworfen und eine Handvoll Wäscheklammern aus ihrer Schürze gezupft.

»Kopf hoch, Polly! Du hängst die Blätter jetzt in den Baum vor deinem Fenster und morgen sind die Seiten wieder so gut wie neu. Du wirst schon sehen!«

Das war gestern gewesen. Doch alles, was Polly jetzt hier draußen im Baum sah, war: nichts! Nichts außer einem Urwald aus saftig grünen Blättern und einem aufgeregten Mückenschwarm, der neugierig um Pollys Nasenspitze tanzte.

Wohin war der verflixte Aufsatz nur verschwunden? War er vielleicht ins Kanalwasser hinabgesegelt? Doch da schwamm nichts rum, was ihrem Aufsatz ähnlich sah. Auch im Gebüsch unten am Ufer konnte Polly nirgendwo die weißen Papierseiten entdecken. Wirklich merkwürdig, denn zumindest die Wäscheklammern müssten noch im Baum hängen, oder?

Als Polly sich ein Stück weiter hinunterhangelte, hörte sie plötzlich ein vertrautes Fiepen. Das war doch … »Adlerauge!« Tatsächlich! Kaum hatte Polly zur Seite gesehen, sauste auch schon der kleine Fledermäuserich durch das Dickicht und klammerte sich an ihren Ellenbogen.

»Polly, Polly, Polly! Wie nennt sich denn dieses lustige Spielchen? *Abhängen im Abendrot?* Oder *Hangelspaß vorm Abendbrot?*« Glucksend schob Adlerauge sich seine winzige Brille zurecht.

Polly blies sich seufzend eine Strähne aus der Stirn. »Wenn überhaupt, heißt dieses lustige Spiel *Wo zum Teufel steckt mein potzblitzblöder Quallenaufsatz!*«

»Quallenaufsatz ...?« Adlerauge kräuselte verwundert die Nasenspitze. »Meinst du etwa dieses lose Blattwerk da hoch oben über deinem Zimmer?«

Polly schüttelte energisch den Kopf. »Nein, ich hab die Seiten gestern direkt *vor* mein Fenster gehängt, und als ich eben ... « Potzblitz! Als Pollys Blick flüchtig nach oben wanderte, verschlug es ihr die Sprache.

Adlerauge hatte richtig gesehen! Ungefähr einen Meter *über* Pollys Zimmerfenster hingen die vier dicht beschriebenen Seiten an Winnies leuchtenden Wäscheklammern.

Aber wie war der Aufsatz über Nacht dort hinaufgekommen? Der Baum konnte unmöglich so schnell gewachsen sein – vor allem nicht, seit ihn die Siebenschläfer mit einem ihrer Warnblitze gespalten hatten. Wenn der Baum nun aber nicht gewachsen war, kam eigentlich nur eine Erklärung infrage. Eine Erklärung, die Polly kein bisschen gefiel. Konnte es etwa sein, dass Winnies Hausboot …?

Nachdenklich fuhr Polly sich mit der Hand übers Kinn – und vergaß dabei, dass sie immer noch im Baum hing! Erschrocken rauschte sie in die Tiefe und landete mit einem saftigen *PLATSCH* im Kanal …

Schnell weg mit dem Leck!

»Du glaubst, das Hausboot sinkt?« Tante Winnie kicherte ungläubig, als Polly ihr von ihrem Verdacht erzählte.

Kaum war Polly ins Wasser gestürzt, waren Isabella und Charlotte die Treppe hinuntergeeilt und hatten Winifred alarmiert. An Winnies großem altem Rettungsreifen hatten sie Polly an Deck des Hausbootes gezogen.

Nun saß sie wie ein begossener Pudel am Küchentisch und nickte unglücklich.

»Eine andere Erklärung hab ich jedenfalls nicht! Warum sonst sollte der Aufsatz plötzlich weit über meinem Fenster hängen?«

Zu Pollys Füßen hatte sich bereits eine große Pfütze aus Kanalwasser gebildet. Schnell begrub Tante Winnie sie unter einem Berg flauschiger Handtücher.

»Vielleicht hat sich dein kleiner Putzlappen ja einen Scherz erlaubt und die Blätter höher gehängt?«

Oben auf dem Küchenschrank begann Adlerauge zu protestieren. »Ich darf doch sehr bitten! Erstens bin ich *kein* Putzlappen! Und zweitens kannst du der rothaarigen Drahtbürste sagen, dass ich dir niemals einen derartig bösen Streich spielen würde! Ich bin nämlich nicht so ein hitziger Kratzkopf wie deine Großtante, oh nein!« Beleidigt verzog er die Schnauze zu einem Schmollmund und flatterte zum Fenster hinaus.

Hitziger Kratzkopf? Polly musste sich ein Lächeln verkneifen. Zum Glück konnte Winifred kein Wort von dem verstehen, was Adlerauge sagte, sonst hätte sie ihm bei der nächsten Gelegenheit mit Sicherheit einen saftigen Schimpfwörter-Schluckauf verpasst. Pollys Großtante war nämlich selbst ein Vampir und der Schimpfwörter-Schluckauf war ihre Spezialzauberkraft. Leider half so ein Schluckauf bei einem sinkenden Hausboot aber kein bisschen weiter …

Betrübt ließ Polly den Kopf hängen. »Adlerauge hat nichts damit zu tun.« Sie seufzte. »Ich habe das ungute Gefühl, dass hier irgendwas nicht stimmt. Ich kann nur nicht sagen, was.«

Isabella und Charlotte sahen sich erschrocken an. Polly hatte ein sehr gutes Bauchgefühl, und wenn sie davon überzeugt war, dass etwas Verdächtiges in der Luft lag, dann hatte sie damit meistens recht. Hoffentlich steckten nicht die Finsterfürsten dahinter!

Tante Winnie aber verschwendete daran offenbar keinen Gedanken. Entschlossen schüttelte sie ihre roten Locken. »Also gut. Wenn wirklich etwas faul sein sollte mit meinem Hausboot, dann kann nur *einer* dahinterstecken!« Mit zusammengekniffenen Augen stampfte sie aus der Küche. Polly, Charlotte und Isabella warfen sich einen beunruhigten Blick zu. Dann sprangen sie auf und stolperten hastig hinter Pollys Großtante her.

Charlotte schnappte nach Luft. »Du denkst doch nicht etwa …?«

»Dass unser *Papa* etwas damit zu tun hat?«, beendete Isabella die Befürchtung ihrer Schwester.

Winnie lachte schnaubend auf. »Wer denn sonst? Ich bin mit diesem Kahn um die halbe Welt gereist, habe Piraten in die Flucht geschlagen und mit feuerspeienden Seeschlangen gerungen – aber *niemals* hat mein treues Boot Anstalten gemacht zu sinken!« Die Wände wackelten, als Winifred sich durch die engen Flure schob. »Und dann kommt euer Herr von-und-zu-Vater an Deck und schon ist mein Schiff dem Untergang geweiht! Dem werde ich die Flausen jetzt austreiben!« Polly hatte Winifred selten wütend erlebt, aber wenn es um ihr Hausboot ging, verstand sie einfach keinen Spaß. Armer Graf Zappenduster …

Isabella und Charlotte hielten sich besorgt an den Händen. Irgendwie konnte Polly Winnies Ärger auch ein bisschen nachvollziehen. Seit Friedebald von Zappenduster mit seiner Familie Unterschlupf auf dem Hausboot gefunden hatte, waren schon eine Menge merkwürdiger Dinge passiert – und die meisten davon waren auf dem Mist von Isabellas Vater gewachsen. Erst neulich hatte er das ganze Hausboot von oben bis unten mit Kleebeerengelee zugekleistert, weil er davon überzeugt war, eine Schutzschicht gegen böse Mächte entdeckt zu haben. Dummerweise hatte er nicht daran gedacht, dass der süße Anstrich unzählige hungrige Insekten anzog. Innerhalb weniger Stunden war das komplette Hausboot von Abertausenden Mücken, Fliegen und Krabbelkäfern bedeckt gewesen! Es kroch, kribbelte und surrte in jeder noch so kleinen Ritze. Erst als Winifred die Siebenschläfer, den Rat der sieben ältesten Vampire, überzeugt hatte, einen zweitägigen Regenguss zu zaubern, war der hartnäckige Kleister verschwunden. Noch heute juckte es Polly bei dem Gedanken an die winzigen Ameisen, die tagelang in ihr Hosenbein gekrabbelt waren. Nein, wenn Graf Zappenduster nun auch noch für das sinkende Hausboot verantwortlich war, hatte er sicher nichts zu lachen!

Tante Winnie war bereits die Kellertreppe hinuntergestapft und steuerte entschlossen auf die hinterste Tür zu. Dort hatte sich Graf Friedebald einen kleinen Bastelraum eingerichtet, in dem er sich gegen drohende Gefahren wappnete. Mit der Gefahr aber, die nun in sein kleines Reich platzte, hatte er nicht gerechnet. Wie ein Tornado aus Feuerfunken riss Winifred die Tür auf und wirbelte über die Schwelle. Doch bei dem Anblick, der sich ihr bot, verschlug es ihr augenblicklich die Sprache.

Tante Winnies abruptes Abbremsen führte dazu, dass Polly, Isabella und Charlotte von hinten in sie hineinrasselten. Mühsam rappelten sich die Mädchen wieder auf – und dann sahen auch sie, was hier vor sich ging. Potzblitz! Ungläubig rieb Polly sich die Augen. In der Mitte des Kellerzimmers stand Graf Zappenduster und hatte sich vom Scheitel bis zur Sohle in Alufolie eingewickelt! Auf dem Kopf trug er ein altes Nudelsieb. Aber nicht nur der Graf glänzte silbern, nein, auch die gesamte Einrichtung und die Wände hatte er mit der glitzernden Folie verkleidet.

Empört räusperte er sich und blinzelte die vier Eindringlinge an. »Hätten die Damen nicht anklopfen können?«

»Anklopfen? Das wird ja immer schöner!« Wütend stemmte Winnie die Hände in die Hüften. »Vielleicht hätte der Herr Graf von Dusselschuster ja *anklopfen* können, *bevor* er mein Hausboot versenkt?!«

Isabellas Vater schnappte nach Luft. Polly hatte das Gefühl, dass er unter seiner Folie rot anlief wie ein Pavianpopo. »Gnädigste! Ich möchte Sie bitten, die Fassung zu wahren! Immerhin stehen Sie hier vor einem waschechten Grafen mit edlen Absichten.« Eingeschnappt verschränkte er die Arme vor der knisternden Brust. »Niemals würde ich Ihr wertes Hausboot versenken!«

Winifred lachte auf. »Edle Absichten? Ihre Absichten sind höchstens so edel wie die Alufolie an Ihrem stocksteifen Hinterteil!«

Dem Grafen klappte die Kinnlade bis aufs Brustbein hinab. Polly und die Zwillinge mussten kichern.

Tante Winnie aber funkelte Friedebald von Zappenduster zornig an. »Jetzt spucken Sie's schon aus: Wo ist das verflixte Leck?«

»Leck …?« Der Graf klimperte entrüstet mit den Wimpern. »Ich habe keine Ahnung, wovon Sie sprechen, Sie alter Hexenbesen!«

Die Mädchen hielten die Luft an. Hatte Isabellas Vater Winifred gerade *Hexenbesen* genannt?

Winnie aber schien sich davon nicht beeindrucken zu lassen. Zielstrebig trat sie an den Grafen heran und drückte ihm ihren Finger auf die Brust. »Jetzt tun Sie bloß nicht so unschuldig! Wenn mein Hausboot sinkt, dann können nur Sie dafür verantwortlich sein! Also: Wo haben Sie ein Loch in die Wand gebohrt? Wo verstecken Sie das Leck?« Entschlossen wirbelte Winifred durchs Zimmer und riss die Alufolie von den Wänden.

Charlottes Vater versuchte hektisch, sie aufzuhalten. »Nicht doch, Sie machen alles kaputt! Das hier ist mein Schutzwall gegen böse Zauberkräfte, ja! Aber ein Loch habe ich nicht gebohrt, ich schwöre!«

Als Winnie die Wände freigelegt hatte, sah sie, dass er die Wahrheit sagte: Nirgendwo tat sich ein Loch auf. Nicht mal ein winzig kleines …

Graf Zappenduster starrte sie vorwurfsvoll an. »Ist Ihnen denn nicht aufgefallen, dass Wasser eindringen müsste, wenn hier irgendwo ein Leck wäre? Die einzige Pfütze, die ich sehe, ist die zu Pollys Füßen!«

Tatsächlich! Jetzt erst fiel Polly auf, dass sich eine kleine Wasserlache um sie herum gebildet hatte. Sie war noch immer pitschnass von ihrem kleinen Abstecher in den Kanal und das Wasser tropfte kalt an ihr herab. Weitere Feuchtstellen aber waren im Kellerraum nirgendwo zu sehen …

Graf Zappenduster hüstelte Winifred eindringlich an. »Finden Sie nicht, eine Entschuldigung wäre angebracht?«

Pollys Großtante schien einen Moment darüber nachzudenken. Dann aber schürzte sie ihre rot bemalten Lippen und marschierte schnaubend auf die Tür zu. »Wenn hier etwas angebracht wäre, dann wohl eher ein saftiger Schimpfwörter-Schluckauf! Und den werde ich Ihnen auch ganz sicher verpassen, wenn Sie das Leck bis zum Abendessen nicht finden!« Mit diesen Worten verschwand Winnie zur Tür hinaus.

Graf Zappenduster sah ihr sprachlos nach. »Solch aufmüpfige Frauenzimmer hat es vor zweihundert Jahren noch nicht gegeben!«

Charlotte lächelte ihren Vater an. »Die Zeiten ändern sich eben, Papa.«

»Zum Glück!«, ergänzte Isabella. »Sonst würde der Welt nämlich eine ganze Menge Spaß entgehen – und viele gute Ideen!«

Polly grinste zustimmend. Und trotzdem zog sie im nächsten Moment das Handtuch enger um den nassen Körper. Sie wusste, dass Tante Winnie es ernst meinte. Wenn sie das Leck bis zum Abendessen nicht finden würden, könnte Graf Zappenduster sich warm anziehen. Potzblitz! Ein bisschen Alufolie würde dann bestimmt nicht reichen, um sich vor Winnies wilder Zauberlaune zu schützen …

Ein Wi-, ein Wo-, ein Wackelzahn

Als die Sommersonne am Abend hinter dem Kanal abgetaucht war, lag Polly schlaflos in ihrem Bett. Neben ihr in der Hängematte träumten Charlotte und Isabella. Die Zwillingsschwestern waren sofort eingeschlummert, nachdem sie den ganzen Abend lang die Hausbootwände nach dem Leck abgesucht hatten. Aber nein, nichts hatten sie gefunden. Nicht mal das weltallerkleinste Wurmloch! Graf Zappenduster hatte recht: Nirgendwo drang Wasser von außen ins Hausboot. Aber warum schien es dann zu sinken?

Polly war ratlos. Zum Glück hatte sie Tante Winnie davon überzeugen können, dass Isabellas Vater keine Schuld traf. Grummelnd hatte Winifred sich daraufhin ihren Korb geschnappt und war zu einer nächtlichen Kleebeerensuche aufgebrochen. Konstanze von Zappenduster hatte sich mächtig ins Zeug gelegt und ihren Gatten, die Zwillinge und Polly mit einem leckeren Abendessen belohnt.

Während Graf Friedebald nur schwer damit zurechtkam, dass sich die Welt in den letzten zweihundert Jahren stark verändert hatte, genoss seine Frau die neuen Möglichkeiten! Begeistert nahm Konstanze an schwindelerregenden Yogastunden teil, deckte sich im Supermarkt mit exotischen Köstlichkeiten ein und zog sogar in Erwägung, einen Führerschein zu machen, um einen Job als Busfahrerin zu ergattern.

»Stellt euch nur vor«, schwärmte sie, wann immer ein Bus an der Osterstraße einen Schwarm Fahrgäste ausspuckte, »als Busfahrer triffst du unendlich viele Menschen! Ich könnte mir all ihre wunderbaren Geschichten anhören – und ich würde endlich etwas von der Welt sehen!«

Dass man als Busfahrer in einer Großstadt wie Hamburg hauptsächlich qualmende Auspuffrohre sah und mürrische Pendler zur Arbeit kutschierte, verschwiegen die Kinder ihr lieber …

Seufzend drehte Polly sich nun im Bett auf die Seite. Die Ereignisse des Tages ließen ihr keine Ruhe. Am liebsten hätte sie ihre beste Freundin Leni in Kalifornien angerufen, aber auch an der Ostsee war es längst Schlafenszeit und Leni war sicher schon in einen tiefen Traum gesunken. Nur Polly konnte einfach kein Auge zutun.

Wenigstens war ihr Quallenaufsatz gerettet! Sie hatte die Blätter gleich nach dem Abendessen aus dem Baum gepflückt und fein säuberlich zusammengeheftet. Man sah den Seiten kaum noch an, dass sie ein Bad in Winnies Mondwasser genommen hatten. Trotzdem stellte sich bei Polly keine Erleichterung ein. Warum nur war das Hausboot über Nacht abgesunken? Und viel wichtiger noch: Was, wenn es weiter sank? Ein dicker Knoten bildete sich in Pollys Magen. Das Boot war Tante Winnies Zuhause! Wenn sie es nun verlieren würde, dann …

Nein, Polly wollte es sich gar nicht erst ausmalen. Sie musste dieser potzblitzblöden Sache auf den Grund gehen – und zwar so schnell wie möglich!

Als Winifred am nächsten Morgen in Pollys Zimmer flatterte, wartete aber erst mal eine andere Überraschung auf die müden Mädchen: Der Wecker hatte verschlafen und nicht daran gedacht, zu klingeln! Jetzt erforderte es alleroberste Beeilung, damit Polly, Isabella und Charlotte nicht schon wieder zu spät in die Schule kamen. Während Graf Friedebald noch schnarchte und Mama Konstanze ihren Körper in einer Yogaübung verknotete, scheuchte Winnie die drei Freundinnen durchs Bad und in die Küche.

»Ich fürchte, du hast recht, Polly«, gab Winnie seufzend zu und bestrich eine Handvoll Pfannkuchen mit frischem Kleebeerengelee. »Das Hausboot liegt deutlich tiefer. Heute früh konnte ich die Holunderblüten durchs Fenster im ersten Stock pflücken! Sonst geht das nur im Erdgeschoss ...«

Pollys Blick eilte zum Küchenfenster. Potzblitz! Die Uferbüsche thronten in der Tat erstaunlich weit oben. Gedankenversunken biss Polly in einen dicken Pfannkuchen. Im nächsten Moment stieß sie einen Schrei aus. »Aua!«

Winnie und die Zwillinge sahen sie überrascht an.

»Alles in Ordnung?« Vorsichtig legte Isabella ihr die Hand auf den Arm.

Polly fuhr sich mit der Zunge über den Oberkiefer, und dann spürte sie das Elend! Unglücklich verzog sie das Gesicht. »Mein Eckzahn wackelt ...«

Winifred klatschte in die Hände. »Endlich mal wieder gute Neuigkeiten! Wenn wir Glück haben, fällt er bald aus und dein neuer Vampirzahn hilft uns dabei, dieses verflixte Leck zu finden!«

Polly war von dieser Vorstellung nicht ganz so begeistert. Bisher hatte zwar jeder Vampirzahn eine Zauberkraft mit sich gebracht, aber die hatten in der Regel ziemlich viel Chaos gestiftet. Pollys Zauberzähne sorgten nicht nur dafür, dass sie mit Fledermäuserich Adlerauge sprechen konnte und potzblitzstark wurde, sobald sie wütend war, nein, Polly konnte auch einen mordsmäßig schrillen Alarm auslösen, wenn sie sich an der Nase kratzte. Außerdem verfügte sie über einen Wandelzauber, an dessen Auswirkungen sie sich nur sehr ungern erinnerte ... Deshalb hatte Polly insgeheim gehofft, dass ihr letzter Milcheckzahn erst in ein paar Jahren ausfallen würde – oder am besten niemals!

Zerknirscht drückte sie die Zunge an den geschwollenen Kiefer. Noch ließ sich der Zahn nicht rausdrücken, aber lange würde es sicher nicht mehr dauern ...

Charlotte, die an diesem Morgen noch gar nichts gesagt hatte, räusperte sich leise. »Wir müssen jetzt in die Schule. Es ist schon fünf vor acht.«

Tante Winnie blinzelte sie erschrocken an. »Heiliger Krötenschiss, Charlottchen! Du bist ja ganz blass um die Nasenspitze! Wirst du etwa krank?« Hastig patschte Winnie ihr die Hand auf die Stirn und fühlte konzentriert nach. »Also Fieber hast du nicht ...«

In der Tat fiel Polly jetzt auf, dass Isabellas Zwillingsschwester nicht besonders gesund aussah. Ihr Gesicht war bleich wie ein frostiger Wintermorgen und unter der Haut schimmerten feine, blaue Äderchen. War die Suche nach dem Leck gestern etwa zu anstrengend für sie gewesen?

Winifred eilte zum Kühlschrank. »Ihr trinkt jetzt alle

erst mal euren Blutorangensaft! Vielleicht geht es dir dann besser!«

Polly verzog die Mundwinkel. Noch immer hatte sie sich kein bisschen daran gewöhnt, dass sie jeden Tag ein Glas von ihrem Unlieblingssaft trinken musste. Igittigitt! Blutorangensaft schmeckte ungefähr so gut, wie ein Zahnarztbohrer schön klang! Wenn sie sich aber weigerte, würde sie schon bald schwanken wie ein betrunkener Seemann und sprechen wie ein Papagei mit einem Knoten im Schnabel. Der gemeine Vampirschwindel hatte es wirklich in sich …

Während Charlotte und Isabella ohne Murren ihre Gläser leerten und Polly unglücklich auf die rote Brühe in ihrem Becher blickte, fiel ihr plötzlich etwas ein. Potzblitz, das hatte sie beinahe vergessen!

»Mein Aufsatz liegt noch oben auf dem Schreibtisch!« Energisch knallte sie den vollen Becher auf den Küchentisch zurück und verschwand die Treppe hinauf. Winnie sah ihr kopfschüttelnd nach.

»Dieses Mädchen bringt mich irgendwann um den Verstand! Obwohl …« Kichernd zwinkerte sie den Zwillingsschwestern zu. »Wenn ich's genau bedenke, war ich selbst nie besonders vernünftig!«

Tante Winnie war wirklich ein verrücktes Huhn, und dafür liebte Polly sie umso mehr!

Ganz schön blass, das Kind …

Vor dem Blutorangensaft konnte Polly sich trotzdem nicht drücken. Als sie mit dem Aufsatz zurück in die Küche kam, hatte Winnie die rote Suppe bereits in eine Flasche umgefüllt und in Pollys Rucksack gestopft.

Im Eiltempo hasteten die Mädchen in Richtung Tornquiststraße. Weil Charlotte sich trotz des Saftes etwas schwach fühlte, durfte sie hinten auf Pollys Fahrradgepäckträger sitzen. Isabella kletterte frech auf die Lenkstange und grinste vergnügt, während Polly sich mit den Pedalen abmühte. Wenn sie auch nur ein klitzekleines bisschen wütend gewesen wäre, wäre eine Spritztour zu dritt kein Problem gewesen. Aber von Wut war Polly an diesem Morgen so weit entfernt wie das Eismeer vom Äquator. Viel eher war sie besorgt: Der vierte Vampirbeißer drückte schmerzhaft unter dem Wackelzahn, das Hausboot sank und jetzt drohte auch noch Charlotte krank zu werden! Was für ein potzblitzblöder Start in den Tag …

Zu spät kamen die Freundinnen natürlich auch noch.

Frau Grübchen war bereits dabei, die Aufsätze einzusammeln, als die drei Mädchen ins Klassenzimmer platzten. Polly murmelte rasch eine Entschuldigung, aber Frau Grübchen hatte nur Augen für Charlotte.

»Oje, du siehst aber gar nicht gut aus.« Fürsorglich ging sie vor Isabellas Schwester in die Hocke und streichelte ihre blasse Wange. »Bist du sicher, dass du heute nicht lieber zu Hause bleiben willst?«

Charlotte schüttelte tapfer den Kopf. »Es geht schon. Ich bin nur ein bisschen müde ...«

Frau Grübchen nickte verständnisvoll. Polly war sehr dankbar, dass ihre Lehrerin nicht nur Isabella, sondern kurz danach auch deren Zwillingsschwester ins Herz geschlossen hatte. Jetzt brachte Frau Grübchen Charlotte an ihren Platz und erklärte ihr das neueste Arbeitsblatt.

»Aber wenn es gar nicht geht, sagst du bitte sofort Bescheid. Dann bringt Polly dich sicher nach Hause.«

»Plar, dat knack ich!«, sprudelte es übereifrig aus Polly heraus. Erschrocken presste sie die Lippen aufeinander. Mist! Eigentlich hatte es *Klar, das mach ich* heißen sollen!

Frau Grübchen runzelte überrascht die Stirn. »Seid ihr etwa alle krank?«

Polly bemühte sich, möglichst unschuldig zu lächeln, und verneinte mit einem Kopfschütteln. Ihr Freund Paul verstand sofort, was seiner Vampirfreundin fehlte. Schnell schnappte er sich ihren Rucksack und zog die Flasche mit dem Blutorangensaft hervor.

»Keine Sorge, Frau Grübchen. Polly hat nur zu wenig getrunken. Ein Schlückchen Saft und die Welt sieht schon gleich viel besser aus!«

Und siehe da! Kaum hatte Polly die Saftflasche geleert, landeten die Buchstaben wieder genau da, wo sie hingehörten. Dankbar lächelte sie Paul an. Ein Freund war eben doch der wertvollste Schatz, den man finden konnte!

Und weil Polly genau wusste, dass ihre Freunde manchmal die potzblitzbesten Ideen hatten, verzog sie sich in der großen Pause mit Paul und Greta in das Zaunhaus auf dem Schulhof. Polly selbst hatte das alte Holzhäuschen in einem besonders wütenden Moment in den Sportplatzzaun hinaufbefördert, und jetzt war es ein hervorragendes Plätzchen, um ganz in Ruhe geheime Dinge zu besprechen.

Paul und Greta staunten nicht schlecht, als sie hörten, was am Wochenende alles passiert war. Pollys Aufsatz war zwischenzeitlich verschwunden? Das Hausboot sank? Und jetzt wackelte auch noch Pollys letzter Milcheckzahn?

Beeindruckt zog Greta die Augenbrauen in die Höhe. »Bei euch wird es wirklich nie langweilig!«

Polly lächelte schwach und sah bekümmert hinab auf die Tischtennisplatte. Dort saß Charlotte und lehnte müde den Kopf an Isabellas Schulter. Polly fand, dass ihre Nasenspitze noch viel blasser war als heute Morgen.

Paul merkte sofort, was in seiner Freundin vorging. »Keine Angst, sie kriegt wahrscheinlich nur eine Erkältung. Immerhin ist unsere Welt noch ganz schön neu für sie!«

Ja, Paul lag sicher richtig mit seiner Vermutung. Ein bisschen Husten und Fieber waren bestimmt nicht ungewöhnlich, wenn man die letzten zweihundert Jahre versteinert in einem alten Brunnenschacht verbracht hatte. Dennoch machte Polly sich Sorgen. Mit Charlotte stimmte etwas nicht. Und irgendwie wurde Polly das Gefühl nicht los, dass es mehr war als ein einfacher Schnupfen …

Nach der Schule fühlte sich Charlotte selbst für die Fahrt auf dem Gepäckträger zu schlapp. Isabella, Greta und Paul versuchten eine ganze Weile, Polly wütend zu machen, damit sie Charlotte nach Hause tragen konnte, aber es klappte nicht! Polly war viel zu besorgt.

Zum Glück erkannte der Hausmeister die Not der Kinder und bot ihnen seine Schubkarre an. Mit Pullovern und Rucksäcken polsterten sie die Metallwanne, damit Charlotte es gemütlich hatte. Während Paul, Greta und Isabella abwechselnd schoben, rollte Polly ihr Fahrrad nach Hause.

Am Spazierweg oberhalb des Kanals luden sie Isabellas Schwester ab. Greta und Paul verabschiedeten sich, um die Schubkarre zurückzubringen, und Isabella und Polly halfen Charlotte das steile Ufer hinab. Doch kaum hatten sie es über die Türschwelle geschafft, flog ihnen bereits die nächste Überraschung um die Ohren: Tante Winnie jagte Graf Zappenduster mit einem Kochlöffel durch das Hausboot!

»Stehen bleiben! Rück sofort meinen Handschuh wieder raus, du diebischer Krückstock!«

Friedebald von Zappenduster erreichte den kleinen Lesesalon und sprang atemlos auf das Sofa. »Ich denk gar nicht – *ROTZRAKETE!*«

Oh nein! Polly begriff sofort, was hier vor sich ging. Winifred hatte dem Grafen ganz offensichtlich einen Schimpfwörter-Schluckauf verpasst. Hicksend versuchte er, das Bücherregal zu erklimmen. »*RUDELPUPS! KNÖDELDÖDEL!*«

Charlotte und Isabella beobachteten ihren Vater sprachlos.

Als Tante Winnie mit dem Kochlöffel ausholte, um dem kletternden Grafen den Allerwertesten zu versohlen, platzte Polly der Kragen.

Wütend stampfte sie mit den Füßen auf, sodass die Wände wackelten. »Es reicht! Sofort aufhören! UND ZWAR ALLE BEIDE!«

Ertappt hielten die zwei Streithähne inne.

Isabellas Vater rutschte vorsichtig am Regal hinab. »Ich trage keine Schuld! Deine Tante hat mir – *SCHIMMELBACKE!*«

Vorwurfsvoll blickte Polly zu Tante Winnie. »Du hast ihm einen Schluckauf verpasst?«

Winifred zuckte eingeschnappt mit den Schultern. »Kann schon sein. Aber nur, weil er mir vorher meinen Küchenhandschuh gestohlen hat! Wie soll ich denn ohne meinen Handschuh die heißen Kleebeerenpasteten aus dem Ofen holen?«

Die Augen der Mädchen hefteten sich erwartungsvoll an den Grafen.

Hastig schob er seine rechte Hand hinter den Rücken und blickte unschuldig an die Zimmerdecke. Dabei entwich ihm ein leises *Rüsseldussel.*

Auffordernd starrte Polly ihre Großtante an. Die seufzte schließlich, zog zweimal an ihrem Ohrläppchen – und der Schimpfwörter-Spuk war vorbei.

Erleichtert ließ der Graf die Schultern sinken. »Wenn

ihr nichts dagegen habt, kann ich jetzt ja mein Mittagsschläfchen machen …« Eilig versuchte er, an den Mädchen vorbeizuhuschen, doch Isabella hielt ihn am Arm zurück.

»Wir haben sehr wohl etwas dagegen, Papa!«

Polly, Isabella und Charlotte blickten ihn derart eindringlich an, dass er schließlich einknickte. Widerstand war zwecklos, das wusste er. Seufzend holte Graf Zappenduster die rechte Hand hinter dem Rücken hervor. Sie steckte tatsächlich in Winnies liebstem Ofenhandschuh!

»Ja, es stimmt«, gab er kleinlaut zu. »Ich habe mir den Handschuh deiner Großtante geborgt …«

»Geborgt? Dass ich nicht lache!« Tante Winnie schüttelte ihre rote Lockenpracht. »Gestohlen hat er ihn, der Halunke!«

»Sie kriegen ihn ja zurück, meine Werteste, versprochen! Sobald ich mein kleines Problem gelöst habe …«

»Problem?« Polly horchte neugierig auf. »Was haben Sie denn für ein Problem?«

»Wenn ihr mich fragt, hat Graf Suppenschuster einen ganzen Sack voll Probleme«, mischte sich Winnie glucksend ein, aber die Blicke der Mädchen ließen sie umgehend verstummen. Das hier war nicht der richtige Zeitpunkt für einen Scherz.

Graf Zappenduster zögerte. Polly sah ihm an, dass es ihm schwerfiel, mit der Wahrheit rauszurücken.

»Na ja, ich … wollte euch nicht unnötig beunruhigen, aber …« Unglücklich blickte Graf Friedebald seine Töchter an. Dann zog er langsam den Handschuh von seiner rechten Hand.

Polly, Isabella, Charlotte und Winnie raunten ungläubig auf, als sie sahen, was sich unter dem Handschuh verbarg.

Das war doch … unmöglich, nein! Polly schluckte betroffen. Graf Zappenduster hatte wirklich ein Problem. Ein potzblitzgroßes Riesenproblem …

Oh Schreck, die Hand ist weg!

»Aber … aber das kann nicht …!« Sosehr Tante Winnie sich auch anstrengte, sie brachte keinen geraden Satz heraus.

Mittlerweile waren Polly, Winifred und Isabella genauso blass wie Charlotte. Alle starrten wie gebannt auf die Hand von Graf Zappenduster – oder besser gesagt auf den Fleck, an dem sie eigentlich sein sollte. Denn statt einer Hand mit fünf Fingern prangte am Arm von Isabellas Vater: nichts! Nur die blasse Vorstellung davon, was dort eigentlich sein sollte, ließ sich bei genauem Hinsehen erahnen. Potzblitz, so etwas hatte Polly noch nie gesehen!

Isabella erholte sich als Erste von dem Schreck. »Seit wann ist das so, Papa?«

Graf Zappenduster kratzte sich mit der linken Hand verlegen am Scheitel. »Aufgefallen ist es mir schon vor ein paar Tagen. Die Hand war etwas bleich, doch ich dachte, sie wäre nur schlecht durchblutet.« Er seufzte. »Heute Morgen aber war sie so gut wie verschwunden …«

Ungläubig beobachtete Polly, wie Graf Friedebald ein Buch, das beim Klettern aus dem Regal gefallen war, mit der unsichtbaren Hand vom Boden aufhob. Es sah aus, als würde der schwere Abenteuerschinken durch die Luft schweben. Plötzlich kam Polly ein Gedanke. »Sie sagen, die Hand war blass – etwa so wie Charlottes Nasenspitze?«

Überrascht blickte der Graf zu seiner Tochter. Ein Schock durchfuhr ihn, als er bemerkte, wie elend Charlotte aussah. Auch Isabella und Winnie hielten die Luft an.

»Du meinst doch nicht etwa …?« Isabella mochte nicht weitersprechen.

Polly nickte. »Ja. Falls Charlotte dasselbe hat wie euer Vater, dann müssen wir schleunigst herausfinden, was es ist. Denn sonst …«

»Wird sie verblassen«, beendete Graf Zappenduster den Satz und schluckte. Eine zentnerschwere Stille legte sich über den Raum. Nicht mal Tante Winnie fiel jetzt noch etwas Witziges ein …

Zwei Stunden später hatten sie noch immer nicht herausgefunden, was eigentlich los war. Zwar hatten sie Winifreds Bibliothek in ein Schlachtfeld aus staubigen Lexika und zerfledderten Zauberheftchen verwandelt, aber in keinem der Bücher hatten sie auch nur den leisesten Hinweis gefunden, warum Graf Friedebald und seine Tochter verblassten.

Als Konstanze von Zappenduster schließlich von ihrer alltäglichen Bus-Schnupperrunde nach Hause kam und von den anderen hörte, was vorgefallen war, stieß sie einen schwermütigen Seufzer aus. Dann zog sie ihren Strumpf vom linken Fuß und zeigte, was sie bedrückte: Ihr großer Zeh war erschreckend blutarm …

Polly erkannte den Zusammenhang. »Es betrifft also euch alle. Die gesamte Familie Zappenduster verblasst!«

»Nicht die gesamte Familie …«, korrigierte Isabella sie kleinlaut. Alle Blicke richteten sich auf Charlottes Zwillingsschwester.

»Du bist die Einzige, die *nicht* verblasst!«, stellte Polly überrascht fest.

Isabella nickte, aber sie sah dabei kein bisschen glücklich aus. Und Polly konnte sie nur zu gut verstehen. Zweihundert Jahre hatte Isabella nach ihrer versteinerten Familie gesucht. Dass es ihnen nun nicht gut ging oder sie gar in Gefahr waren, konnte sie nicht ertragen.

Tante Winnie erkannte das Leid auf den Gesichtern der Mädchen. Entschlossen stemmte sie die Arme in die Seiten. »Also gut, jetzt ist Schluss! Wir finden heute noch heraus, was mit euch Zappendusters nicht stimmt!«

Charlotte blinzelte sie verwundert an. »Aber wir haben doch schon alle Bücher durchsucht. Nirgendwo steht etwas darüber.«

Winifred grinste. »Wer sagt denn, dass wir dafür ein Buch brauchen?«

Friedebald, Konstanze und Charlotte hatten keinen Schimmer, wovon sie sprach, aber Isabella und Polly verstanden sofort, was Winnie vorhatte.

»Zieht euch lieber warm an!«, flüsterte Polly fast ein bisschen vergnügt. »Oben auf dem Wolkenzahn herrscht immer ein rauer Wind ...«

Tatsächlich waren die Siebenschläfer ziemlich vor den Kopf gestoßen, als Polly, Tante Winnie und die gesamte Familie Zappenduster aus dem Aufzug im Stockwerk siebzehneinhalb purzelten.

Hubertus Glockenschuss, der Vorsitzende der selbst ernannten Vampirpolizei, stöhnte verärgert auf. »Könnt ihr euch denn nicht *ein Mal* einen Termin geben lassen, so wie alle anderen Vampire auch?!«

Polly schenkte ihm ihr schönstes Sonnenscheinlächeln. »Ich bin nun mal nicht wie alle anderen Vampire, das müssten Sie doch mittlerweile mitbekommen haben!«

Letizia Bodenbecken lachte herzhaft auf. »Wo sie recht hat, hat sie recht, Hubertus! Polly Schlottermotz ist wirklich etwas ganz Besonderes!«

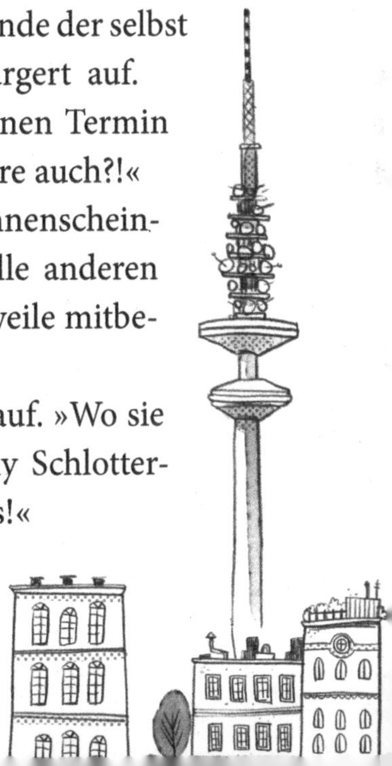

Hyazinthe Blumentopf und die beiden Siebenschläferzwillinge Hugo und Egon Pepperdorn stimmten grinsend mit ein. Selbst dem wortkargen Rufus Reibeisen sah man an, dass er sich insgeheim freute, das kleine Vampirmädchen wiederzusehen.

Nur Agathe Löffelstiel rümpfte empfindlich das spitze Näschen. »Besondere Vampire bringen uns in der Regel auch in besonders schwerwiegende Schwierigkeiten.«

Potzblitz! Die stocksteife Agathe hatte natürlich gleich erkannt, dass Polly und ihre Freunde nicht ohne Grund gekommen waren.

Hubertus Glockenschuss merkte, dass Pollys Lächeln langsam erlosch und bohrte nach. »Spuck es schon aus, Polly-Kind! Was ist passiert? Hast du etwa deinen vierten Eckzahn bekommen und deinen Papa in eine Nacktschnecke verwandelt?«

»Mein Papa hat damit nichts zu tun«, pfefferte Polly trotzig zurück. »Und der vierte Eckzahn wackelt zwar, aber ein neuer Vampirzahn ist noch nicht in Sicht!«

»Und warum seid ihr dann hier und haltet uns vom wohlverdienten Feierabend ab?« Agathe Löffelstiel machte keinen Hehl daraus, dass sie lieber auf einem fliegenden Nagelbrett sitzen würde, als sich hier mit Pollys Problemen herumzuschlagen.

»Es geht um uns!« Konstanze von Zappenduster trat mutig vor und zog Charlotte mit sich.

Die olle Agathe seufzte und beugte sich zu Hubertus Glockenschuss rüber. »Ich habe gleich gesagt, dass Familie Zappenduster sich an einem *sicheren* Ort verstecken sollte und nicht auf diesem klapprigen Hausboot.«

Winifred schnappte nach Luft. »Das einzig Klapprige hier weit und breit bist du, liebe Agathe! Mein Hausboot jedenfalls ist das weltallerwunderbarste und sicherste Zuhause, das man sich wünschen kann!« Einen kurzen Moment hielt sie inne und korrigierte sich dann: »Na ja, zumindest wenn es nicht gerade sinkt …«

Die Siebenschläfer blinzelten Pollys Großtante verwundert an.

Isabella aber trat bereits zu ihrer Schwester nach vorne. »Das Hausboot ist fantastisch, wir fühlen uns dort alle sehr wohl.« Unsicher sah sie zu Charlotte. Die nickte tapfer und Isabella wandte sich wieder an den Siebenschläferrat. »Es ist nur so, dass … Meiner Schwester geht es nicht gut. Sie ist schwach und wird immer blasser.«

»Vermutlich nur ein kleiner Infekt, mein Herzchen«, versuchte die gemütliche Letizia sie aufzumuntern und hielt ihr wohlwollend den Schal hin, an dem sie gerade häkelte.

Tante Winnie schüttelte den Kopf. »Ich fürchte, damit liegst du falsch, Letizia. Oder hältst du *das* hier auch für einen Infekt?« Ohne Vorwarnung zog sie Graf Zappenduster den dicken Backhandschuh vom Handgelenk.

Ein erschrockenes Raunen und Staunen glitt durch die Reihe der Siebenschläfer. Hyazinthe Blumentopf erstickte einen leisen Schrei in ihrer Faust und Egon und Hugo Pepperdorn rutschten vor Schreck die Hörgeräte aus den Ohrmuscheln. Agathe Löffelstiel starrte mit offenem Mund auf die verschwundene Hand von Graf Friedebald und der wortkarge Rufus verschluckte beinahe seine eigene Zunge. So etwas hatte noch keiner von ihnen gesehen!

Nur einer schloss wie in Zeitlupe die Augen hinter seiner Nickelbrille, als könnte er damit das Unheil abwenden: Hubertus Glockenschuss.

Polly fiel sofort auf, dass er anders reagierte als seine Kollegen. Hoffnungsvoll trat sie auf den Vorsitzenden des Siebenschläferrates zu.

»Sie wissen, was Familie Zappenduster fehlt, oder?«

Hubertus öffnete die Augen und nickte stumm. Aber sein betroffener Blick verriet Polly, dass sie die Antwort lieber nicht würde hören wollen …

Der Spiegel der Vergangenheit

»Sie *verblassen?*« Adlerauge baumelte irritiert an einem Ast neben Pollys Kopf und schlackerte mit den spitzen Fledermausohren. Seit er vor ein paar Wochen zu seiner großen Liebe Roberta in den Zoo gezogen war, schaute er nur noch selten auf dem Hausboot vorbei. Heute aber schien er irgendwie gewittert zu haben, dass Polly dringend etwas Trost gebrauchen konnte.

Das Vampirmädchen nickte betrübt. »Jeden Tag werden sie ein bisschen blasser. Bis sie irgendwann ganz verschwinden …«

»Verschwinden?« Adlerauge verlor vor Schreck den Halt und sauste ein paar Meter ins Dickicht hinab. Hektisch kämpfte er sich wieder nach oben und flatterte vor Pollys Gesicht wie ein aufgescheuchter Glühwicht. »Aber … aber das geht doch nicht! Das kann nicht sein!«

»Es ist aber so.« Trotzig verscheuchte Polly eine Mücke von ihrem Ellenbogen. »Hubertus Glockenschuss meint, dass die Zappendusters eigentlich in die Vergangenheit gehören. Durch die Versteinerung wurde die Zeit aufge-

halten, aber jetzt müssen sie so schnell wie möglich zurück. Sonst verblassen sie wie alte Bilder in einem Fotoalbum …«

Adlerauge stieß ein wehleidiges Geheul aus. »Das ist ja schre-hee-heeeecklich!« Theatralisch klatschte er sich den Flügel an die Stirn und konnte nur mit Müh und Not verhindern, dass ihm dabei die Brille von der Nase rutschte. Dann aber fiel ihm etwas ein. »Und … und Isabella?«

Polly biss sich auf die Lippe. »Isabella wird nicht verblassen, weil sie damals meinen *Zahn der Zeit* geschluckt hat. Der schützt sie wohl irgendwie vor Gefahren.«

Tatsächlich hatte Polly Isabella damals mit einem ihrer Milcheckzähne aus dem alten Bilderrahmen befreit. Als *Zahn der Zeit* konnte so ein Eckzahn nämlich jeden beliebigen Vampirzauber rückgängig machen. Besonders erfreut darüber schien Polly jetzt aber nicht zu sein. Wie hätte sie auch glücklich sein sollen? Immerhin sah es so aus, als würde Isabella ihre Familie verlieren. Schon wieder …

Adlerauge bemerkte, wie sehr dieser Gedanke Polly quälte. Behutsam hängte er sich an ihr Ohrläppchen und fuhr mit dem Flügel über ihre Wange. »Wir schaffen das schon, Polly! Du hast doch noch einen Milcheckzahn!«

Tapfer hielt Polly die Tränen zurück, die sich in ihre Augenwinkel drängten. »Der Zahn drückt und wackelt auch schon. Aber selbst wenn er ausfällt, können wir Isabellas Familie damit nicht retten. Es ist schließlich nur *ein* Zahn und die Zappendusters sind zu dritt.«

Jetzt musste auch der kleine Fledermäuserich schlucken. »Heißt das, es gibt überhaupt gar nichts, was wir tun können?«

»Doch.« Polly schniefte. »Wir müssen den *Spiegel der Vergangenheit* finden.«

»Was für ein Ding?«

»Den *Spiegel der Vergangenheit!*« Vorsichtig verlagerte Polly ihr Gewicht auf dem Ast. Seit sie vom Wolkenzahn zurückgekehrt waren, saß sie hoch oben im Baum neben dem Hausbootturm. Die anderen hatten sich mittlerweile längst schlafen gelegt, aber Polly hatte gleich gewusst, dass sie kein Auge würde zutun können.

»Hubertus Glockenschuss sagt, dieser potzblitzblöde Spiegel taucht immer da auf, wo er gebraucht wird. Sobald wir ihn gefunden haben, muss Familie Zappenduster durch den Spiegel zurück in die Vergangenheit springen. Nur so können wir sie davor bewahren, sich für alle Zeiten in Luft aufzulösen.« Sie schluckte. »Und wir müssen schnell sein! Denn wenn das erste Mitglied der Familie komplett verblasst ist, schließt sich der Spiegel für immer und es gibt keine Rettung mehr …«

Langsam verstand Adlerauge, warum Polly so unglücklich war. Die Situation schien aussichtslos. »Aber das heißt ja, dass …«

»Ja.« Eine dicke Träne rollte über Pollys Wange. »Familie Zappenduster wird uns auf jeden Fall verlassen. Und wahrscheinlich verliere ich sogar Isabella.«

Adlerauge runzelte die Stirn. »Du hast doch gesagt, sie verblasst nicht?«

Polly schleckte sich die salzige Träne aus dem Mundwinkel. »Wenn wir den *Spiegel der Vergangenheit* finden, wird Isabella ihre Familie bestimmt begleiten wollen. Sie springt dann durch dieses Ding und wird in einer längst vergangenen Zeit verschwinden.« Potzblitz! Plötzlich konnte Polly die Tränen nicht mehr zurückhalten! Sie weinte bitterlich und Adlerauge musste sich sehr zusammenreißen, um nicht hemmungslos mitzuheulen. Er musste jetzt stark sein für Polly, oh ja!

Schützend legte er seine Flügel auf ihr Gesicht und wischte die Tränen weg, so gut es ging. »Wir finden einen Weg! Immerhin bist du Polly Potzblitz Schlottermotz, schon vergessen?«

Polly nickte tapfer. Was Adlerauge sagte, stimmte: Es brachte nichts, den Kopf in den Sand zu stecken. Sie musste jetzt nach vorne schauen und dann würde sie eine Lösung finden! Vielleicht brachte der vierte Vampirzahn ja wirklich eine Zauberkraft mit sich, die Polly helfen würde …

Wenn bisher einer ihrer Milcheckzähne ausgefallen war, hatte sie sich jedes Mal gewünscht, dass der neue Zahn keine magische Kraft mit sich brachte. Nun aber hoffte sie nichts sehnlicher, als dass ihr vierter Eckzahn über eine große mächtige Kraft verfügte! Dafür müsste der letzte Milcheckzahn allerdings erst mal ausfallen …

Entschlossen drückte und ruckelte Polly am Wackelzahn. Autsch! Pollys Oberkiefer war geschwollen und empfindlich, der neue Beißer musste schon ganz dicht unter dem alten liegen. Aber warum in aller Welt löste sich der potzblitzblöde Milchzahn nicht?

Adlerauge beobachtete seine Freundin und straffte entschlossen die Flügel.

»Also gut, wir suchen jetzt diesen ollen Spiegel! Wie sieht er denn aus?«

Polly ließ enttäuscht von ihrem Kiefer ab. »Das weiß keiner. Wir tappen mal wieder im Dunkeln.«

Adlerauge streckte heldenhaft seine Brust raus. »Ha! Im Dunkeln tappen gibt es nicht für einen Blitzspäher wie mich! Ich finde alles, selbst in der dunkelsten Dunkelheit!«

Der Übermut des Flatterwichts brachte Polly zum Lachen – vor allem wenn sie daran dachte, dass Adlerauge ohne die Brille, die Paul ihm geschenkt hatte, so blind war wie ein Maulwurf …

Dankbar fischte Polly sich ihren kleinen Freund von der Schulter und gab ihm einen Kuss auf die Nasenspitze.

»Du hast recht! Wir finden diesen Spiegel! Aber vielleicht sollten wir damit bis morgen warten.« Sie gähnte. »So langsam bin ich nämlich ganz schön müde …«

Als Polly am nächsten Morgen aus ihrem Bett kroch, saßen alle anderen bereits in der Küche und schmiedeten einen Plan.

Charlotte würde heute nicht zur Schule gehen. Ihre Nasenspitze war schon so blass, dass man sie kaum noch sah. Isabella hatte beschlossen, bei ihr zu bleiben und den Rest der Familie bei der Suche nach dem *Spiegel der Vergangenheit* zu unterstützen.

»Sag Frau Grübchen einfach, ich hätte mich bei Charlotte angesteckt. Sie hat ja gestern selbst gesehen, dass es ihr nicht gut geht.«

Polly konnte verstehen, dass Isabella ihrer Familie in dieser schweren Zeit nicht von der Seite weichen wollte. Entschlossen leerte sie ihr tägliches Glas Blutorangensaft. »Dann bleibe ich auch zu Hause!«

»Nix da!« Tante Winnie hob belustigt die Augenbrauen. »Du wirst schön in die Schule gehen!«

»Aber wir können bei der Suche nach dem Spiegel jede Hilfe gebrauchen!«, protestierte Polly.

»Und *ich* werde jede Hilfe gebrauchen können, wenn dein humorloser Vater erfährt, dass du die Schule schwänzt.« Winifred gluckste lachend auf. »Der kommt am Ende noch mit seinem Bügeleisen her und bügelt mir die Locken glatt!«

In der Tat legte Cornelius Schlottermotz sehr viel Wert darauf, dass alles seine Ordnung hatte, und der Schulbesuch gehörte nun mal dazu. Anderseits war Papa weit weg in Kalifornien – und das hier schließlich ein echter Notfall …

Doch Pollys Großtante ließ sich nicht erweichen. »Wenn du nicht gleich mit deinem Rucksack durch diese Tür verschwindest, bringe ich dich höchstpersönlich ins Klassenzimmer. Und ich kann dir nicht garantieren, dass ich unterwegs nicht den ein oder anderen Schimpfwörter-Spuk verbreite!«

Potzblitz! Auf einen Schimpfwörter-Schluckauf konnte Polly gut und gerne verzichten, sie hatte schließlich schon genug Probleme. Mit einem lauten Grummeln schnappte sie sich ihren Rucksack und stampfte zur Tür hinaus. Wenn Winifred darauf bestand, würde Polly eben zur Schule gehen, ja. Aber keiner hatte gesagt, dass sie da auch *bleiben* müsste …

Eine Melone auf Abwegen

Greta und Paul mussten sich nicht lange überzeugen lassen, mit Polly die Schule zu schwänzen, nachdem sie gehört hatten, was passiert war. Und im Grunde war es ja auch gar kein Schwänzen. Frau Grübchen hatte die drei Kinder höchstpersönlich nach Hause geschickt, nachdem sie mit verdächtigen roten Punkten im Gesicht das Klassenzimmer betreten hatten. Insofern konnte man die Sache wohl eher als eine Schutzmaßnahme betrachten – zum Wohl aller anderen Kinder, die sich noch nicht mit diesem schauerlichen Ausschlag angesteckt hatten. Dass es sich bei den roten Pusteln um einen Lippenstift handelte, den Polly aus Winnies Schürzentasche gemopst hatte, behielten die Freunde lieber für sich …

Immerhin hatten sie nun den ganzen Vormittag Zeit, um einen ausgiebigen Rettungsplan zu schmieden. Weil Pauls Mama Susanne mit einer Sommergrippe im Bett lag und auf dem Hausboot die große Suchaktion lief, blieb den Kindern nichts anderes übrig, als bei Greta zu Hause ihr Lager aufzuschlagen. Gretas Eltern arbeiteten oft bis in den späten Nachmittag hinein und ihr Hund Hacki freute sich mächtig, als Greta mit ihren beiden Freunden zur Tür hereinspazierte.

Als Polly neu in die Klasse gekommen war, hatte Greta die anderen Kinder noch mit ihrem Schäferhund in Angst und Schrecken versetzt. Mittlerweile aber wussten alle, dass Greta ein Herz aus Gold hatte und Hacki so zahm war wie ein Meerschweinchen ohne Zähne.

Während sich die Freunde den Lippenstift aus dem Gesicht wuschen, sprang er immer wieder an ihnen hoch und bellte vor Aufregung.

Greta kraulte ihn hinterm Ohr. »Leise, sonst schöpfen die Nachbarn Verdacht und rufen meine Eltern an!« Wie auf Knopfdruck verstummte Hacki und legte sich brav zu ihren Füßen.

Paul hatte große Schwierigkeiten, die Lippenstiftflecke aus seinem Gesicht zu entfernen. Die Mädchen hatten ihn gründlich vollgetupft. »Für den unwahrscheinlichen Fall, dass ich diese Farbe irgendwann mal wieder loswerde: Was machen wir dann eigentlich genau mit unserer freien Zeit?«

Auch Greta sah Polly fragend an.

Polly rieb sich das Gesicht mit einem Handtuch trocken. »Ist doch klar! Wir hängen Plakate auf!«

»Plakate?« Paul blinzelte sie an, als hätte sie gerade ein Einhorn verschluckt.

Polly rollte mit den Augen. »Na, es kleben doch überall auf den Straßen solche Zettel, auf denen die Leute nach irgendwas suchen. Nach einer entlaufenen Katze zum Beispiel. Oder nach einer neuen Wohnung.«

Greta verstand, worauf sie hinauswollte. »Oder eben nach dem *Spiegel der Vergangenheit.*«

Polly grinste. »Ja, genau! Wir basteln die weltallerschönsten Plakate und kleistern die Straßen damit zu. Irgendjemand da draußen hat vielleicht einen Spiegel in der Nähe des Hausbootes gefunden!« Dann erlosch ihr Lächeln. Entschlossen blickte sie ihre Freunde an. »Aber bevor wir loslegen, müsst ihr mir erst mal meinen blöden Zahn ziehen.«

Jetzt war es Greta, die Polly verständnislos anblickte. »Normalerweise bist du doch ganz froh, wenn deine Zähne nicht ausfallen.«

»Diesmal ist es eben anders«, grummelte Polly unglücklich.

Paul brauchte nur einen kurzen Moment, um zu durchschauen, worum es seiner Freundin ging. »Du willst Platz schaffen für deinen neuen Vampirzahn, oder?«

Polly nickte. »Ich hoffe, dass dieser Zahn eine Zauberkraft mitbringt, die meine Probleme löst. Oder wenigstens eins davon …«

Tatsächlich fand Polly es schon schlimm genug, dass Tante Winnies Hausboot sank. Dass nun auch noch die Zukunft von Familie Zappenduster auf dem Spiel stand, war eine ganz schön schwere Last – selbst für ein potzblitzstarkes Vampirmädchen wie Polly …

»Also gut.« Greta strich sich die schwarzen Locken hinter das halbe Ohr. »Dann ziehen wir dir eben diesen Zahn. So schwer kann das ja nicht sein!«

Zwei Stunden später allerdings mussten sich die drei Freunde eingestehen, dass es eben doch schwer war, einen Milchzahn zu ziehen – oder zumindest *diesen* hier! Obwohl Pollys Eckzahn bereits mächtig wackelte, löste er sich einfach nicht aus dem Kiefer! Die Kinder hatten es erst mit einem dünnen Faden aus dem Nähkästchen von Gretas Mutter probiert und hatten dann schließlich zu der großen schweren Zange gegriffen, die Gretas Papa unter der Küchenspüle aufbewahrte. Aber vergebens! Egal wie fein säuberlich sie die Schlinge um den Zahn legten oder wie fest sie mit der Riesenzange zogen, der blöde Beißer rührte sich keinen Millimeter.

Potzblitz! Kurzzeitig war Polly sogar so wütend, dass

sie stark wurde und eigenhändig an ihrem Milchzahn rüttelte – aber nicht mal das half …

»Vielleicht ist es keine Sache der Kraft, sondern der Technik«, wandte Paul ein. Er war von Natur aus ein kleiner Wissenschaftler und hatte sofort eine Idee, wie sie den Zahn überlisten könnten.

Polly verzog ungläubig das Gesicht, als Paul sie über alle Einzelheiten aufgeklärt hatte.

»Ich soll meinen Zahn an eine Wassermelone fesseln und die dann vom Balkon werfen?«

»Wir könnten ihn auch an Hackis Schwanz festbinden, aber ich fürchte, der Arme ist nicht so begeistert davon, vom Balkon zu hüpfen …«

Als hätte Hacki Paul verstanden, verzog er sich winselnd unter Gretas Bett und ließ sich nicht mal mehr von einem Stück Fleischwurst herauslocken. Natürlich hätte es Greta niemals gestattet, Hacki vom Balkon springen zu lassen. Aber die Sache mit der Melone war einen Versuch wert. Schnell hievten die Freunde die riesige Frucht, die Gretas Mutter am Wochenende auf dem Isemarkt gekauft hatte, aus dem Kühlschrank. Mit einem Schraubenzieher bohrten sie ein Loch in die Melone und zogen einen festen Faden durch das rote Fruchtfleisch. Das lange Ende vom Faden wickelten sie mehrfach stramm um die dicke Schale, das kurze Ende banden sie um Pollys Wackelzahn.

»Bist du bereit?« Erwartungsvoll blickte Greta Polly an, während sie die schwere Melone gemeinsam mit Paul auf dem Balkongeländer ausbalancierte.

Polly zuckte mit den Schultern. »Klar. Solange der blöde Zahn dann endlich rausfliegt …«

Kaum hatte sie ihren Satz beendet, sah Polly einen kleinen hektischen Glühwicht auf sich zusteuern. Was machte der denn hier? Eigentlich warnten die winzigen Fluglichter Vampire vor drohenden Gefahren, aber Polly konnte weit und breit nichts Gefährliches entdecken. Bevor sie die Chance hatte, den kleinen Wicht einzufangen, gab Paul der Melone einen Schubs und sie zischte in die Tiefe. Was jetzt aber hinterherflog, war nicht der Milchzahn, oh nein: *Polly* höchstpersönlich schoss kopfüber über das Balkongeländer! Potzblitz!

Zum Glück wohnte Greta im ersten Stock und nicht im vierten! Mit einem Schrei plumpste Polly drei Meter durch die Luft – und landete deutlich weicher als erwartet.

Benommen richtete sie sich auf und erkannte, was ihren Sturz abgefedert hatte: Sie war mitten in ein gigantisches Bällebad gefallen, das die Nachbarn für ihren Sohn im Garten aufgebaut hatten. Einige der bunten Plastikkugeln waren unter Pollys Gewicht zerplatzt und sahen nun ziemlich trostlos aus. Die Melone allerdings thronte unversehrt auf dem luftigen Bällebett wie eine kostbare Südseeperle. Und noch etwas anderes war unversehrt. Ungläubig fasste Polly sich an den Mund. Es konnte doch nicht sein, dass …? Aber doch! Polly schloss schnaubend die Augen. Der potzblitzblöde Zahn steckte noch immer felsenfest in ihrem Oberkiefer …

Polly taucht ab

Nach der unfreiwilligen Bruchlandung hatte Polly die Nase voll. Offensichtlich ließ sich der Milchzahn nicht ziehen, jedenfalls nicht heute und hier. Und weil Polly nicht noch mehr wertvolle Zeit verlieren wollte, machten sich die Freunde an die Gestaltung der Suchplakate. Paul hatte die Idee, eine Belohnung für hilfreiche Hinweise auszuschreiben.

»Wie wäre es mit einem Gutschein für einen Schimpfwörter-Schluckauf?«, schlug Greta vor.

Polly schüttelte den Kopf. »Das geht nicht. Die meisten Menschen wissen gar nicht, dass es Vampire gibt. Wie sollen wir denen erklären, dass Tante Winnie zaubern kann?«

Etwas Magisches konnten sie wirklich nicht verschenken, wohl aber ein schmackhaftes Pfannkuchenessen auf dem Hausboot mit der köstlichsten heißen Schokolade der Welt!

Zufrieden stellten die Freunde das Plakat fertig und betrachteten das Ergebnis:

Dann legten sie das Blatt auf den Kopierer von Gretas Vater und der spuckte ungefähr vierhundertsiebzig Abzüge aus. Mit neun Rollen Tesafilm und Haushund Hacki bewaffnet machten sich die Kinder auf den Weg zum Kanal. Jeder Baum, jeder Laternenpfahl und jede Ampel wurde mit einem Suchplakat beklebt, an jede Hauswand hefteten sie einen Zettel. Nichts und niemand war vor Polly und ihren Freunden sicher. Selbst der Eiswagen vom lustigen Carlos wurde mit achtzehn Plakaten tapeziert.

»Sicher ist sicher«, erklärte Polly zwinkernd, als Carlos fragte, warum es denn mehr Zettel als Eissorten sein müssten.

Um kurz nach eins waren alle Plakate verteilt und die Kinder setzten sich erschöpft auf eine Bank.

»Jetzt kann wirklich keiner übersehen, dass wir diesen Spiegel suchen«, stellte Paul zufrieden fest.

»Selbst deine blinde Fledermaus kann unseren Aufruf nicht verpassen«, kicherte Greta.

Polly grinste frech, korrigierte ihre Freundin dann aber: »Erstens ist Adlerauge ein Feder*mäuserich!* Und zweitens ist er kein bisschen blind. Dank Pauls Brille hat er die schärfsten Adleraugen!«

Die Freunde lachten. Im nächsten Moment aber knurrte Pollys Magen so laut, dass sie erschrocken verstummte. Unruhig blickte sie auf die Uhr an der Straßenecke.

Potzblitz! Die Schule war schon aus! Vermutlich wartete Winnie zu Hause bereits mit dem Mittagessen auf sie. Hastig sprang Polly auf und umarmte ihre Freunde.

»Vielen Dank für eure Hilfe! Ich sag Bescheid, wenn jemand den Spiegel findet!« Dann rannte sie mit großen Schritten den Spazierweg am Ufer entlang.

Zu Hause warteten leider weder ein köstliches Mittagessen noch besonders gute Neuigkeiten auf Polly. Winifred war keine Zeit zum Kochen geblieben. Den ganzen Vormittag hatte sie sich durch ihre unzähligen Bücher gewühlt und nach einem Hinweis auf den geheimnisvollen *Spiegel der Vergangenheit* gesucht. Aber gefunden hatte sie nichts. Nichts außer einem lang verschollenen Rezept für Butterblumensuppe. Es war zum Verrücktwerden. Irgendjemand *musste* doch wissen, wie dieser verflixte Spiegel aussah!

Familie Zappenduster hatte unterdessen das gesamte Hausboot auf den Kopf gestellt. Obwohl Charlotte immer blasser im Gesicht wurde und Konstanzes Zeh mittlerweile verschwunden war, hatten sie sich stundenlang durch dunkle Kellerecken und verborgene Hinterzimmer gekämpft. Leider hatten sie dabei weder einen alten Spiegel noch ein Leck in der Hausbootwand gefunden. Daran, dass Winnies alter Kahn weiter sank, bestand allerdings kein Zweifel. »Mein schöner Turm ist vollkommen zwischen den Baumkronen abgetaucht«, seufzte Winifred betroffen.

Plötzlich kam Polly ein Gedanke. »Abgetaucht! Das ist es!« Entschlossen hüpfte sie die Treppe zum Dachboden hinauf.

Winnie blickte ratlos in die Gesichter von Familie Zappenduster. Auch Isabella, Charlotte und ihre Eltern hatten keinen blassen Schimmer, was Polly vorhatte. Mit verwunderten Mienen folgten sie ihr die schmale Treppe hinauf.

Oben wühlte sich Polly bereits durch eine große Holztruhe.

Graf Zappenduster räusperte sich. »Falls du den Spiegel suchst … In dieser Kiste haben wir schon nachgesehen.«

»Ich suche aber nicht den Spiegel, sondern *das* hier!« Grinsend zog sie einen riesigen schwarzen Gummilappen aus der Truhe und hielt ihn wie eine Trophäe in die Höhe.

Winnie rieb sich ihre Kontaktlinsen. »Ist das etwa …?«

»Dein alter Taucheranzug, ja!« Begeistert schlüpfte Polly in die engen Schlauchbeine. »Und irgendwo hier müsste noch der passende Helm sein!«

Charlotte kicherte ungläubig. »Den hab ich vorhin im Schrank entdeckt, zusammen mit den Flossen.«

Polly klatschte dankbar in die Hände. In Windeseile sammelte sie alles zusammen, was sie brauchte.

Isabella half ihr beim Schließen des Unterwasseranzugs. »Du willst also im Kanal abtauchen?«

Polly zog sich die alte Taucherglocke über den Kopf. »Wenn wir im Boot kein Leck finden, sehe ich vielleicht an der äußeren Schiffswand etwas Verdächtiges. Jedenfalls ist alles besser, als hier herumzustehen und zu warten!« Und noch bevor Tante Winnie oder die Zappendusters etwas erwidern konnten, öffnete Polly das Fenster, kletterte auf die Fensterbank und ließ sich lachend rückwärts in den Kanal hinunterplumpsen.

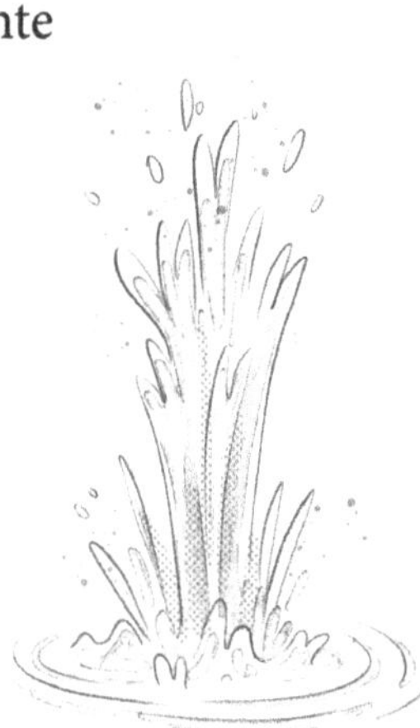

Konstanze und Charlotte stießen einen Schrei aus, und der Graf bekam einen solchen Schreck, dass von einem Augenblick auf den nächsten sein gesamter rechter Unterarm verblasste!

Nur Winnie und Isabella traten grinsend ans Fenster und sahen in aller Seelenruhe zu, wie Pollys Kopf unten aus dem Wasser auftauchte. Sie kannten das kleine Vampirmädchen lang genug, um zu wissen, dass Polly immer für eine Überraschung gut war.

Heiter winkte sie den beiden am Fenster zu. »Wenn ich bis zum Abendessen nicht wieder da bin, ruft die Küstenwache!«

Winnie gluckste warnend. »Wenn du in fünf Minuten nicht wieder an Deck bist, rufe ich den Dingsdabums! Und der wird dir die Ohren derart langziehen, dass man sie am Kronleuchter festknoten kann!«

Polly rollte lachend mit den Augen und tauchte ab. Einen kurzen Moment musste sie sich an die Dunkelheit unter Wasser gewöhnen und daran, dass es erstaunlich schnell kälter wurde, als sie tiefer zum Grund vordrang.

Mühsam tastete sie sich an der Bootswand entlang. Algen und glitschiges Unterwassermoos hatten sich am Holz festgesetzt. Polly musste an ihren Aufsatz denken und verzog das Gesicht. Hoffentlich gab es hier unten keine Quallen! Igittigitt …

Zentimeter für Zentimeter arbeitete sie sich weiter vor. Als ihr die Luft ausging und sie zum Atmen an die

Oberfläche schwimmen wollte, bewegte sich plötzlich etwas in ihrem Augenwinkel. Erschrocken drehte sie den Kopf zur Seite. Was war das?! Konnte es etwa sein, dass …? Potzblitz, nein! So etwas gab es hier nicht! Ungläubig rieb Polly über das Sichtfeld der Taucherglocke. Das Glas war etwas beschlagen, aber trotzdem gab es keinen Zweifel daran, was Polly hier sah! Auch wenn es eigentlich unmöglich war …

Auch ein Wal verirrt sich mal

Graf Zappenduster starrte Polly an, als hätte sie gerade die Sonne vom Himmel geangelt. »Du hast einen *Wal* gesehen? Unten im Kanal?«

»Nur die Flosse. Aber ich bin mir ganz sicher, dass sie zu einem Wal gehörte!« Polly schälte sich mühsam aus dem engen Taucheranzug.

Winnie begrub ihren nassen Körper unter einem Berg Handtücher und begann, Pollys Haare trocken zu rubbeln. »Ich glaube eher, dir ist die Luft ausgegangen. Da sieht man schon mal Dinge, die es gar nicht gibt!« Kichernd blies sie sich eine Locke aus dem Gesicht. »Ich wurde mal am Strand von Sansibar von einer Wanderdüne überrollt. Hinterher hab ich mir eingebildet, die Kokosnüsse würden Tango tanzen!«

Polly schüttelte entschieden den Kopf. »Ich hatte noch genug Luft, um zu erkennen, dass das eine Walflosse war!«

Isabella blieb skeptisch. »Und wie soll der Wal da hingekommen sein?«

Graf Friedebald hielt erschrocken die Luft an. »Oh nein! Ihr meint doch nicht etwa … dass die *Finsterfürsten* den Wal in den Kanal geschmuggelt haben?«

»Unsinn! Erstens haben sie keine Ahnung, dass ihr euch hier auf dem Hausboot versteckt, und zweitens: Warum sollten sie einen Wal herschicken?« Polly griff sich ihre Haarbürste und versuchte, das Chaos zu beseitigen, das Winifred auf ihrem Kopf angerichtet hatte. »Auch ein Wal verirrt sich mal! Bei uns in den Ostseebuchten ist das auch schon vorgekommen.«

Tante Winnie warf glucksend ihre dünnen Arme in die Höhe. »Ich habe hier schon alles Mögliche gesehen, vom violetten Wachtelfrosch bis zur dreibeinigen Klapperschlange. Aber ein Wal ist mir in all den Jahren noch nie begegnet!« Es bestand kein Zweifel daran, dass Winnie Pollys Geschichte für einen großen Scherz hielt.

Bevor Polly etwas erwidern konnte, wurde Konstanze von Zappenduster plötzlich hektisch: »Hat einer von euch Charlotte gesehen …?«

Potzblitz! Jetzt erst fiel Polly auf, dass Isabellas Zwillingsschwester nicht da war.

Graf Zappenduster riss panisch die Augen auf. »Grundgütiger! Hoffentlich ist sie nicht verblasst!«

»Das geht nicht so schnell«, beruhigte ihn Polly. »Außerdem habe ich sie noch auf dem Steg gesehen, als ihr mich aus dem Wasser gezogen habt.«

In der Tat hatte Charlotte besonders überrascht auf den Kanal geblickt, als Polly japsend von dem Wal berichtet hatte. »Bestimmt steht sie nur draußen und schnappt ein bisschen frische Luft.«

Doch als Polly kurz danach mit Winifred und dem Rest der Familie Zappenduster vor die Tür trat, war von Charlotte keine Spur. Vom Spazierweg hinter den Büschen hörten sie Kinderlachen und Fahrradklingeln, und in der Luft über dem Ufer surrten Bienen und Libellen.

»Charlotte?« Isabella blickte besorgt ans zugewachsene Ufer. »CHARLOTTE?«

Konstanze wollte die Hand ihres Mannes greifen und merkte dann, dass diese bereits vollständig verblasst war. »Hoffentlich ist sie nicht ins Wasser gefallen, Friedebald. Sie kann doch nicht schwimmen!«

Polly musste schlucken. Sie hatte ein merkwürdiges Gefühl, und das wurde nicht gerade besser, als ein kleiner brummender Glühwicht auf das Hausboot zusteuerte! Potzblitz! Hatte Graf Friedebald etwa recht und die Finsterfürsten trieben sich in der Nähe herum? Hatten sie Charlotte in ihre Gewalt gebracht? Polly hielt angespannt die Luft an.

Auch Isabella bemerkte das aufgeregte Warnlicht und biss sich auf die Lippe.

Im nächsten Moment aber hörten sie es über ihren Köpfen knacken.

»Ich bin hier oben!«

Charlotte? Das war eindeutig Charlottes Stimme, ja! Aber wo steckte sie nur? Aufgeregt blickten alle Augenpaare nach oben – und dann entdeckten sie Isabellas Schwester! Sie war auf den umgeknickten Baum geklettert und stand auf einem der allerhöchsten Äste. Erleichtert verscheuchte Polly den Glühwicht, sodass er ins Wasser platschte und zischend erlosch. Offenbar war es nur ein Fehlalarm …

Graf Friedebald stemmte die verbliebene Hand in die Hüfte. »Charlotte von Zappenduster! Du kommst *sofort* von diesem Baum herunter!«

»Reg dich nicht auf, Papa«, kicherte Charlotte vergnügt. »Ich halte nur Ausschau nach dem Wal. Du weißt doch, wie sehr ich Tiere liebe. Und einen echten Wal hab ich noch nie gesehen!«

Mama Konstanze kräuselte besorgt die Augenbrauen. »Dein Vater hat recht, mein Schatz. Komm lieber runter! Wir können doch auch von hier unten nach dem Wal suchen.« Sie hatte offenbar kein gutes Gefühl dabei, ihre Tochter derart ungesichert über der Wasseroberfläche zu sehen.

Winifred rollte kichernd mit den Augen. »Außerdem *gibt* es keinen Wal im Kanal! Warum hört denn hier keiner auf die Kanalexpertin?«

Charlotte schien kurz zu überlegen, da mischte sich ihr Vater wieder ein.

»Ich zähle bis drei, Charlotte! Dann bist du wieder unten – oder ich komme höchstpersönlich zu dir hinauf! Eins! ZWEI …«

»Schon gut, schon gut.« Charlotte seufzte und setzte sich behutsam in Bewegung. »Ich komm ja schon.«

Schade eigentlich, dachte Polly und musste sich ein Grinsen verkneifen. Zu gern hätte sie gesehen, wie der steife Friedebald auf den Baum klettert …

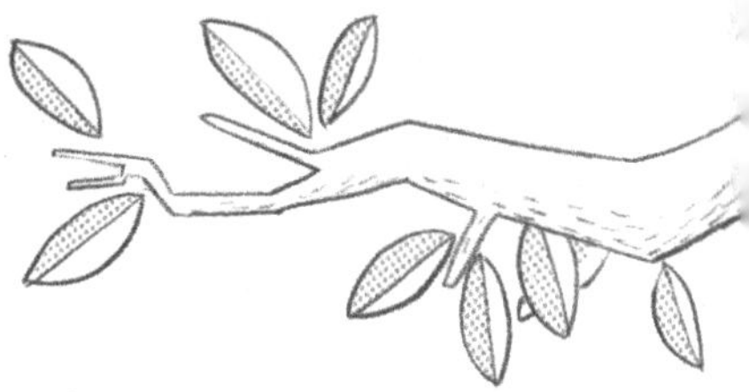

Doch noch während sie in sich hineinkicherte, hörte sie plötzlich ein bedrohliches Knacken. Der Ast! Offenbar war er nicht kräftig genug, um Isabellas Schwester zu tragen. Ängstlich blickten alle nach oben und mussten mit ansehen, wie Charlotte erschrocken versuchte, stillzustehen. Konstanze, Isabella und Friedebald hielten die Luft an, als könnten sie damit bewirken, dass der Ast standhielt. Doch es half nichts!

Mit einem grauenvollen Knirschen brach der schwere Holzarm vom Stamm und sauste hinab auf den Kanal!

Charlotte griff verzweifelt nach dem nächsten Ast,

verfehlte ihn aber um ein paar Zentimeter. Oh nein! Mit einem Schrei stürzte sie in die Tiefe!

Während die anderen aufstöhnten und schluchzten, zögerte Polly keine Sekunde. Kopfüber sprang sie ein zweites Mal in den dunklen Kanal, tauchte ab und suchte unter der trüben Wasseroberfläche nach dem kleinen Nichtschwimmer-Mädchen.

Potzblitz! Irgendwo hier musste sie doch sein!

Polly suchte und suchte, aber nirgendwo konnte sie Charlotte entdecken! Erst als ihr der Atem ausging und es in ihren Lungen brannte, tauchte Polly wieder auf. Doch was sie dann sah, verschlug ihr erst recht den Atem. Kein Wunder, dass sie das kleine Vampirmädchen unter Wasser nicht gefunden hatte, dort war sie nämlich gar nicht gelandet: Charlotte von Zappenduster thronte wie ein Wasserball auf einer nassen Fontäne in der Luft und quiekte vergnügt! Für den Wasserstrahl war kein Geringerer zuständig als: der Wal! Polly hatte sich also nicht geirrt.

Mit einem ungläubigen Lächeln blickte sie von Charlotte, die dort oben auf der Fontäne in Sicherheit war, zum Rest der Familie an Deck des Hausbootes. Und zu ihrem großen Erstaunen stellte Polly fest, dass nicht Familie Zappenduster bleich vor Schreck war, oh nein: Am blassesten von allen war Tante Winnie …

Walisch wär was Wunderbares!

Die nächsten Stunden verbrachte Polly am Ufer des Kanals und versuchte, Kontakt zum Wal aufzunehmen. Aber nachdem er Charlotte sicher an Deck des Hausbootes abgesetzt hatte, war er wieder im tieferen Wasser abgetaucht und hatte sich seitdem nicht mehr blicken lassen. Polly strengte sich an, ihn mit Pfiffen, Kleebeeren und sogar einer kleinen Tanzeinlage anzulocken, aber es half nichts. Der Wal blieb verschwunden …

Als Isabella um kurz vor acht mit einem Teller Suppe zu Polly kam, bemerkte sie, wie geknickt ihre Freundin war. »Du solltest was essen, dann geht es dir besser.«

Polly schüttelte betroffen den Kopf. »Ich bin kein bisschen hungrig …«

Seufzend ließ Isabella sich neben ihr auf dem Uferboden nieder. »Warum willst du ihn denn so unbedingt noch mal sehen? Das Wichtigste ist doch, dass er Charlotte gerettet hat. Das heißt, er meint es nicht böse mit uns und arbeitet ganz sicher nicht mit den Finsterfürsten zusammen.«

Niedergeschlagen ließ Polly die Schultern sinken. »Wir haben gerade einen ganzen Sack voll Probleme. Ich hatte gehofft, dass der Wal wenigstens eins davon lösen könnte …«

Isabella blickte sie fragend an. »Ein Wal wird ja wohl kaum an Land spazieren und einen alten Spiegel finden, oder?«

»Aber er könnte mir vielleicht verraten, warum das Hausboot sinkt.« Entmutigt nahm Polly den Suppenteller und begann zu löffeln. Sie hatte heute so viel Zeit im kalten Wasser verbracht, dass eine warme Suppe tatsächlich guttat.

Isabella lächelte neckisch. »Soweit ich weiß, kannst du mit Adlerauge reden. Aber dass du auch mit Walen sprechen kannst, ist mir neu.«

Damit hatte Isabella natürlich recht. Polly konnte nicht mit Walen sprechen – *noch* nicht zumindest …

Vorsichtig legte sie den Löffel beiseite. »Mein vierter Zahn wackelt ja schon und ich hab mir gedacht …« Sie zögerte. »Walisch wär was Wunderbares.«

»Walisch?« Isabella blickte sie überrascht an, und brach dann in schallendes Gelächter aus. »Du denkst, du kannst dir eine Zauberkraft wünschen, wenn der neue Vampirzahn kommt?«

Polly zuckte verlegen mit den Achseln. »Man kann's ja mal probieren, oder? Wäre doch schön, wenn so eine Kraft nicht nur Chaos stiftet, sondern auch mal ganz praktisch ist!« Unsicher zog und drückte sie an ihrem Wackelzahn. Aber auch jetzt ließ er sich nicht rausziehen. Schade … Polly seufzte. »Noch schöner wär's natürlich, wenn der Zahn mir dabei helfen könnte, deine Familie vor dem Verblassen zu schützen.«

Isabella nickte nachdenklich. »Es würde ja schon reichen, wenn er dir verraten könnte, wo dieser *Spiegel der Vergangenheit* ist.«

Polly sah traurig zu Isabella. Plötzlich fühlte sich ihr Herz so schwer an wie ein Sack voller Ziegelsteine. »Ich wünsche mir ganz dringend, dass wir den ollen Spiegel finden.« Kleinlaut biss Polly sich auf die Lippe und flüsterte: »Aber ich habe auch potzblitzgroße Angst davor, dich dann zu verlieren …«

»Mich zu verlieren?« Isabella riss überrascht die Augen auf.

Polly schluckte. »Wenn wir den Spiegel finden, wirst

du mit deiner Familie hineinspringen. Und dann bleib ich allein zurück …« Ohne dass sie es verhindern konnte, kullerten dicke Tränen über ihr Gesicht.

Isabella schlang schnell ihre Arme um Polly. »Aber du bist doch nicht allein! Du hast Winnie und Adlerauge und Greta und Paul und Leni und …«

»Aber *dich* hab ich dann nicht mehr!«, unterbrach Polly ihre Aufzählung schluchzend. »Du verschwindest in der Vergangenheit und kommst niemals zurück.« Jetzt schossen die Tränen wie ein heißer Wasserfall über ihre Wangen.

In Isabellas Hals bildete sich ein dicker Kloß. Sie musste sich sehr zusammenreißen, um nicht selbst laut loszuheulen. Schließlich legte sie ihre Hände um Pollys Gesicht und blickte ihr tief in die Augen.

»Ich verspreche dir, dass wir eine Lösung finden, Polly! Vertrau mir! Aber erst müssen wir diesen Spiegel finden.« Sie schluckte. »Wir müssen meine Familie retten.«

Polly nickte. Es stimmte, ja: Sie mussten den *Spiegel der Vergangenheit* finden, immerhin ging es hier nicht nur um Familie Zappenduster, sondern um das Wohl aller Vampire. Nicht auszudenken, wie leicht die Finsterfürsten wieder an die Macht kommen könnten, wenn Graf Friedebald und seine Liebsten verblasst waren …

Entschlossen wischte Polly sich die Tränen aus dem Gesicht. »Wenn mein Zahn ausfällt, hab ich bestimmt die weltallerbeste Zauberkraft! Und mit der rette ich nicht nur deine Familie und das Hausboot, nein: Ich verpasse den fiesen Finsterfürsten auch einen ordentlichen Tritt in ihre winzigen Hinterteile! Würd mich nicht wundern, wenn sie dabei bis zum Mond fliegen!«

Isabella kicherte. Polly blickte sich vorsichtig zu allen Seiten um und beugte sich dann zu ihrer Freundin rüber. »Soll ich dir ein Geheimnis verraten?« Sie grinste. »Ich war heut gar nicht in der Schule. Stattdessen hab ich mit Paul und Greta Suchplakate verteilt, damit wir den alten Spiegel schneller finden.«

Isabella gluckste leise. »Dass du die Schule geschwänzt hast, weiß ich längst.«

Überrascht blickte Polly sie an.

»Frau Grübchen hat heute Mittag angerufen und gefragt, ob ihr mit dem Ausschlag beim Arzt wart.« Isabella grinste frech. »Ich hab ihr gesagt, der Kinderarzt hat Entwarnung gegeben: nur eine allergische Reaktion auf Winnies wilde Moosmarmelade! Morgen dürft ihr wiederkommen. Aber du hast Glück gehabt, dass Winifred nicht ans Telefon gegangen ist!«

Polly staunte einen Moment und schlang dann dankbar ihre Arme um Isabella. Sie war wirklich die wunderbarste Freundin, die sich ein kleines Vampirmädchen wünschen konnte! Hoffentlich würde Polly schnell ihren neuen Zahn bekommen und eine Möglichkeit finden, Isabellas Familie zu retten …

Kaum war Isabella aufs Hausboot zurückgekehrt, um den leeren Suppenteller wegzubringen, kam Adlerauge angeflattert. Vergnügt baumelte er an Pollys Ohrläppchen.

»Was machst du denn hier? Sag bloß, du gehst am Ufer auf Bärenjagd!« Adlerauge kicherte. Offenbar schien er heute besonders gute Laune zu haben. Polly zupfte sich ihren kleinen Freund vom Ohr und setzte ihn auf dem Boden ab.

»Keine Bären in Sicht. Aber ich halte Ausschau nach dem Wal, der sich neuerdings im Kanal herumtreibt.«

»Ein Wal?« Adlerauge schüttelte sich vor Lachen. »Natürlich! Hier im Kanal schwimmt ein Wal herum und ich bin in Wahrheit ein siebenköpfiger Wellensittich mit Feuerfedern. Schau mal her: Ich zieh jetzt eine sprühende Sternschnuppe über den Abendhimmel!« Übermütig erhob er sich in die Luft und zischte durch das dichte Geäst. Doch als sein Blick zur Wasseroberfläche wanderte, hielt er plötzlich inne. Sein winziger Fledermauskiefer klappte nach unten. »Da … d... da … da ist …!«

Polly folgte seinem erschrockenen Blick und sprang begeistert auf. »Die Walfischflosse!«

Tatsächlich! Der Wal hatte seine Schwanzflosse weit aus dem Wasser gehoben. Im nächsten Moment aber sauste sie schon wieder hinab auf die Kanaloberfläche. Adlerauge wurde vom aufspritzenden Wasser erwischt und wie ein quiekender Schneeball ans Ufer geschleudert. Pitschnass und zerknittert landete er neben Polly im Gebüsch.

Behutsam pflückte Polly ihren Freund aus den Zweigen. »Und? Glaubst du mir jetzt, du siebenköpfiger Feuerteufel?«

Adlerauge schüttelte sich das Wasser aus den Ohren. »Aber … das ist unmöglich! Es gibt keinen Wal im Kanal!«

Polly grinste. »Ich schätze, er hat dir gerade das Gegenteil bewiesen.« Nachdenklich blickte sie auf die Wasseroberfläche. Die große Flosse war wieder verschwunden, vom Wal war weit und breit nichts mehr zu sehen. Entschlossen pustete Polly Adlerauges Flügel trocken. »Du musst mir einen Gefallen tun! Dreh ein paar Kreise über dem Wasser und sprich mit dem Wal.«

Der kleine Fledermäuserich schüttelte sich entrüstet frei. »Ich soll mit dem Ungetüm *reden?* Auf gar keinen Fall!«

Polly blinzelte ihn hilflos an. »Der Wal weiß bestimmt,

warum Winnies Hausboot sinkt. Bitte! Du bist meine letzte Rettung!«

Adlerauge zögerte. Dann rückte er sich die Brille auf der Nase zurecht und stieß einen Seufzer aus. »Ich bin leider nicht der Richtige für diesen Job. Wie kommst du überhaupt darauf, dass ich das Monster verstehen könnte?«

»Mit Roberta sprichst du doch auch!«

»Roberta?« Der Flatterwicht schnaubte empört. »Du kannst diesen Riesenkarpfen doch nicht mit meiner geliebten Roberta vergleichen! Roberta und ich sind *seelenverwandt*, jawohl!« In der Tat war die Elefantendame aus dem Zoo Adlerauges ganz große Liebe. Dass Polly nun annahm, er könnte eine ebensolche Verbindung zu einem gigantischen Blubberfisch aufbauen, fand Adlerauge geradezu unerhört. Dann aber merkte er, dass Polly ziemlich enttäuscht wirkte, und zügelte sein Temperament. Fürsorglich legte er seinen Flügel an Pollys Wange. »Tut mir leid. Selbst wenn ich dir helfen wollte, ich kann diesen Wal wirklich nicht verstehen …«

Polly nickte tapfer. »Ist schon gut.« In Wahrheit aber war nichts gut, nein, gar nichts. Potzblitz! Wenn Polly nicht bald eine Lösung fand, würde das Hausboot sinken – und schlimmer noch: Isabellas Familie würde verschwinden …

Alarm in der Nacht

Als Polly endlich im Bett landete, fielen ihr innerhalb weniger Sekunden die Augen zu. Sie hatte letzte Nacht schon zu wenig geschlafen und war nun hundemüde. Leider dauerte das Schlummervergnügen nicht allzu lange an, denn mitten in der Nacht wurden alle Hausbootbewohner unsanft aus den Federn geworfen.

Der Schiffsboden vibrierte unter ihren Füßen, die Wände wackelten und von draußen drang ein unheimliches Poltern herein. *Dung, dung, dung.* Es klang, als hätte sich ein rostiger Baukran losgerissen und würde mit schweren Schritten den Kanal hinabspazieren.

Polly, Isabella und Charlotte hatten große Mühe, die Turmtreppen hinunterzulaufen, so stark zitterten die Stufen. Als sie die Küche endlich erreichten, hatten sich dort schon alle anderen versammelt. Ratlos blickten sie einander an.

Winnie wickelte sich ihren Morgenmantel fester um die Hüfte, wühlte im Küchenschrank und drückte Polly einen Pürierstab in die Hand.

»Du nimmst die Taschenlampe, Polly! Ohne meine Kontaktlinsen erkenne ich ohnehin nur die Hälfte.«

Verwundert sah Polly auf den Mixstab hinab. »Die Taschenlampe gehört offenbar nicht zu der Hälfte, die du siehst …«

Winifred blinzelte sie verständnislos an, aber Polly hatte keine Zeit für lange Erklärungen, immerhin war da draußen etwas, was bedrohlich viel Lärm machte! Hastig griff sie in den Schrank und holte die richtige Taschenlampe hervor.

Graf Friedebald schnappte sich seine Töchter und eilte auf die Haustür zu. »Bloß weg hier! Wir müssen uns verstecken!«

Jetzt erst bemerkte Polly, dass er eine Art Nachthemd trug und damit ziemlich lustig aussah. Das Lachen verging ihr allerdings schnell wieder, als sie seinen linken Fuß sah. Mist! Man konnte ihn kaum noch erkennen. Wie lange würde es wohl dauern, bis der Graf ganz verschwunden war?

Winifred hingegen hatte keinen Blick für Hände und Füße. Entschlossen warf sie sich vor die Tür und drehte den Schlüssel im Schloss. »Ein Kapitän verlässt niemals sein sinkendes Schiff!«

Isabellas Vater blinzelte sie irritiert an. »Und was soll das heißen?«

»Dass wir hierbleiben natürlich!« Pollys Großtante verschränkte die Arme vor der Brust.

Graf Zappenduster stotterte verunsichert. »A...A... Aber ... ich bin doch gar kein Kapitän!«

»Na und?« Winnie wirbelte durch die Küche und zog die Fensterläden zu. »Sie sind immerhin dafür verantwortlich, dass mein Schiff sinkt! Also können Sie mir wenigstens die Ehre erweisen und gemeinsam mit uns untergehen!« Aufmüpfig zwickte sie dem Grafen in die Nase.

Bevor Friedebald protestieren konnte, meldete sich Konstanze zu Wort: »Wir sollten auf Winifred hören und hierbleiben. Wenn wir das Hausboot verlassen, gibt es keinen Ort mehr, der uns Schutz bietet.«

Dass das Hausboot in diesem Moment besonders viel Schutz bot, wagte Polly zu bezweifeln. Das Poltern draußen wurde mit jeder Sekunde lauter und die Wände wackelten erbarmungslos. Trotzdem wusste sie, dass nichts und niemand Winnie davon überzeugen konnte, ihr Hausboot im Stich zu lassen.

Graf Zappenduster ließ seufzend die Schultern hängen. »Meinetwegen. Dann bleiben wir eben hier.« Erschöpft nickte er Charlotte und Isabella zu. »Darf ich denn wenigstens erfahren, wie unser Plan aussieht?«

Wenige Minuten später hatten sich alle zusammen in Pollys Turmzimmer eingeschlossen. Von hier aus hatte man normalerweise den besten Ausblick über den Kanal. Mittlerweile war das Hausboot aber so weit abgesunken, dass die Sicht durch Bäume und Gestrüpp mächtig eingeschränkt war. Zum Glück hatte Pollys Zimmer zu allen Seiten Fenster. Und es hatte noch einen anderen Vorteil: Winifred hatte das Zimmer mit einem Zauber belegt, damit nichts zu Bruch ging, wenn Polly wütend und stark wurde. Mehr Sicherheit als hier würden sie vermutlich nirgendwo finden. Trotzdem war Polly nicht ganz wohl zumute, als sie dicht aneinandergedrängt aus den Fenstern spähten. Die dumpfen Schritte kamen immer näher. Was war das nur für ein Wesen da draußen? Und vor allem: Was wollte es von ihnen?

»Vielleicht ist es nur der Wal!«, merkte Graf Zappenduster zaghaft an.

»Na klar«, erwiderte Tante Winnie und rollte mit den Augen. »Der Walfisch hat sich seine feinen Tanzschuhe angezogen und legt jetzt eine flotte Rumba aufs Parkett!«

Isabella, Charlotte, Polly und Konstanze mussten lächeln, dabei wussten alle, dass die Situation hier kein bisschen witzig war.

Vorsichtig leuchtete Polly mit der Taschenlampe aus dem Fenster. »Ich kann einfach nichts erkennen …«

»Wir sollten die Lampe ausschalten«, schlug Isabella vor. »Dann gewöhnen sich unsere Augen eher an die Dunkelheit und wir sehen vielleicht etwas.«

Kaum war das Licht der Taschenlampe erloschen, verstummte das Dröhnen plötzlich. An seine Stelle trat eine Stille, die noch unheimlicher war als der Lärm.

Alle im Turmzimmer hielten die Luft an. Polly hatte das Gefühl, dass es um sie herum noch nie so leise gewesen war. Unsicher fasste sie nach Isabellas Hand, und die griff nach der Hand ihrer Zwillingsschwester. Winnie legte schützend ihre dünnen Arme um die Schultern der Mädchen und Konstanze klammerte sich an ihren Mann.

Polly hatte ein ungutes Gefühl … Warum nur war das alles so potzblitzunheimlich?

Im nächsten Moment wurde die Stille schlagartig unterbrochen: Es surrte und zischte und eine Handvoll roter kleiner Lichter knallte von außen gegen die Fenster des Turmzimmers.

Charlotte riss die Augen auf. »Glühwichte!«

»Und zwar eine ganze Menge!«, stellte Winifred erschrocken fest, als sie eines der Fenster aufriss und nach unten spähte. »So ein Mist! Jetzt sind die dicken Brummer alle im Kanal abgesoffen!«

In der Tat sahen Polly und ihre Freunde gerade noch ein letztes rotes Licht erlöschen, als sie ihre Köpfe durch das Fenster steckten.

Plötzlich begann Graf Friedebald zu stottern. »Da … d...da … da ist noch einer!« Potzblitz! Hastig drehte Polly sich zu Charlottes Vater um. Ja, da hinten vor dem Fenster schwirrte wirklich noch ein letzter kleiner Glühwicht herum!

Er wirkte verwirrt und schien sich verirrt zu haben, aber Polly konnte ihr Glück kaum fassen! Das war ihre Chance! Wenn sie den winzigen Wicht fangen könnte, würde er die drohende Gefahr auf ihrer Handfläche abbilden und sie würden endlich wissen, was da draußen in der Dunkelheit lauerte.

Vorsichtig legte Polly ihren Finger auf die Lippen und schlich sich ans gegenüberliegende Fenster heran. Wie in Zeitlupe öffnete sie es und ließ das kleine Warnlicht ins Zimmer fliegen. Orientierungslos schwirrte der rote Wicht um Graf Zappenduster herum, drehte eine Runde um Winnies wilden Lockenkopf und steuerte dann direkt auf Pollys Nasenspitze zu.

Polly musste sich sehr zusammenreißen, nicht zu niesen, als der kleine Brummer ihre Nasenflügel kitzelte. Dann aber ging alles ganz schnell! In Windeseile schnappte Polly zu und schloss den Glühwicht fest in ihrer Hand ein. Die anderen im Zimmer klatschten begeistert und freuten sich, aber Polly wies sie an, still zu sein.

»Ihr könnt euch gerne freuen, wenn wir wissen, dass wir in Sicherheit sind. Aber jetzt ist erst mal Ruhe angesagt.« Mit pochendem Herzen atmete sie durch und spähte in das kleine Loch zwischen Daumen und Zeigefinger. Aber das, was sie da sah, ließ jede Hoffnung erlöschen. Nein, sie waren nicht in Sicherheit, sondern in potzblitzgroßer Gefahr …

Ungebetene Gäste

Mit vereinten Kräften bugsierten sie Tante Winnie durch das schmale Turmfenster hinaus auf den umgeknickten Baum. Pollys Großtante wehrte sich mit Händen und Füßen, ihr geliebtes Hausboot zu verlassen, aber es half nichts. Gemeinsam waren Polly und Familie Zappenduster einfach stärker. Obwohl Winifred wusste, dass sie keine Chance hatte, krallte sie sich am Fensterrahmen fest.

»Soll der verflixte Warzentroll doch kommen! Dem zieh ich die Nase lang und bind sie am Mond fest. Heiliger Kartoffelschiss, so ein warziger Lurch macht mir doch keine Angst!«

Isabella verzog verzweifelt das Gesicht. »Bitte, Winnie! Der Glühwicht hat ja nicht nur den Warzentroll angekündigt, sondern auch die Finsterfürsten!«

Tatsächlich hatte das kleine Warnlicht eine schreckliche Vision auf Pollys Handfläche geworfen – so schrecklich, dass sie es nicht riskieren konnten, sie wahr werden zu lassen.

»Die Finsterfürsten? Pah, dass ich nicht lache!« Winifred schnalzte übermütig mit der Zunge. »Wenn ich mich recht erinnere, hat Pollys Freund Justus sie sorgfältig geschrumpft. Ich habe Kieselsteine im Schuh, die größer sind als diese Schurken.«

»Meine Werteste!« Graf Friedebald holte Luft und funkelte Winnie erstaunlich entschlossen an. »Diese ›Schurken‹ sind zwar klein, aber sie sind immer noch sehr mächtig! Ich werde nicht riskieren, dass die Fieslinge meine Familie noch einmal in Gefahr bringen – und zu dieser Familie gehören auch Sie! Also bewegen Sie jetzt gefälligst Ihr widerspenstiges Hinterteil von diesem Boot, sonst muss ich Anlauf nehmen. Und dann baden Sie Ihre Feuerlöckchen im Kanalwasser!«

Potzblitz! Derart eindringlich hatte Polly Isabellas Vater noch nie erlebt. Er wirkte ja beinahe wie ein echter Anführer. Selbst Winifred blieb davon nicht unbeeindruckt. Sie zögerte zwar noch kurz, zuckte dann aber eingeschnappt mit den Schultern und kletterte freiwillig auf den Baum hinaus.

»Ach, Friedebald!« Verliebt schmiegte sich Konstanze an ihren Mann. »Ich wusste es immer: In dir steckt eben doch ein Admiral!«

Polly, Isabella und Charlotte kicherten leise. Wie ein Admiral sah Graf Zappenduster nicht gerade aus, immerhin trug er noch immer sein knielanges Nachthemd, hatte nur eine Hand und einen halb verblassten Fuß. Trotzdem waren die Mädchen potzblitzfroh, dass er Tante Winnie zur Flucht überreden konnte. Eilig drängten sie sich hinaus ins dichte Geäst des Baumes.

»Wenn wir es ans Ufer schaffen, können wir uns im Gebüsch verstecken!« Polly hangelte sich vor und zeigte den anderen, wo sie am besten Halt fanden. Das dumpfe Pochen hatte wieder eingesetzt, und schlimmer noch: Polly war sich sicher, dass es mittlerweile mächtig viel näher gekommen war. Weit konnten der gemeine Troll und die Fürsten nicht mehr sein …

Kaum hatte die Gruppe das rettende Ufer erreicht, grollte es gewaltig an der kleinen Brücke an der Osterstraße. Und dann sahen sie ihn: den Warzentroll!

Potzblitz! Zu Hause an der Ostsee hatte Polly nur seine Fußabdrücke gesehen, deshalb wusste sie, dass er groß war. Was sie aber nicht geahnt hatte, war, dass er noch viel hässlicher aussah als in ihrer Vorstellung! Überall an seinem Körper wucherten grüne und violette Warzen, seine Nase glich einer vierköpfigen Kartoffelknolle und rund um die kleinen Glubschaugen quoll gelb glühender Schleim hervor. Selbst die giftigen Glibberquallen aus der Ostsee sahen weniger schaurig aus. Igittigitt!

Fast hatte Polly ein bisschen Mitleid. Kein Wesen dieser Welt hatte es verdient, derart widerlich auszusehen. Als Polly im nächsten Moment aber zwei kleine hüpfende Punkte auf seinem Buckel erkannte, verflog ihr Mitleid wieder: Der bucklige Schuft hatte Lavinia und Fridolin Finsterfürst im Gepäck! Polly kniff grummelnd die Augen zusammen. Wer mit solchen Schurken gemeinsame Sache machte, hatte es auch verdient, potzblitzhässlich zu sein!

Mit einem übermütigen Hechtsprung verschwand Graf Zappenduster in einer dichten Hecke am Ufer. Charlotte, Polly, Isabella und Konstanze folgten ihm vorsichtig. Selbst Winifred erschauderte leise, als sie das Ungetüm erblickte, und tauchte neben ihren Liebsten im Busch ab.

Das Ungeheuer näherte sich mit großen donnernden Schritten. Zielstrebig steuerte es auf Winnies geliebtes Hausboot zu.

Charlotte runzelte besorgt die Stirn. »Ich verstehe das nicht. Wir verstecken uns hier doch schon seit Wochen! Woher wissen die jetzt auf einmal so genau, wo wir sind?«

Darauf konnte sich keiner im Gebüsch einen Reim machen.

Plötzlich aber schoss ein Gedanke durch Isabellas Kopf. »Vielleicht haben sie Pollys Plakat gesehen!«

»Pollys Plakat?« Winnie riss irritiert die Augen auf. Auch alle anderen Blicke richteten sich fragend auf Polly.

Isabella biss sich auf die Lippe. Mist. Hatte sie ihre Freundin etwa gerade in Schwierigkeiten gebracht?

Unglücklich verzog Polly das Gesicht. »Na ja, ich habe ein, zwei Zettelchen mit der Frage nach dem Spiegel in der Nachbarschaft verteilt …«

Winifred blinzelte sie kurzsichtig an. »Ein, zwei Zettelchen?«

Polly zuckte mit den Schultern. »Vielleicht waren es auch ein paar mehr. Aber ich konnte doch nicht wissen, dass sich die Schurken für so was interessieren!« Im Flüsterton beichtete sie, was sich am Vormittag zugetragen hatte.

Tante Winnie vergrub ungläubig das Gesicht in den Händen. »Du hast also nicht nur die Schule geschwänzt, sondern auch noch in einem Aushang nach dem *Spiegel der Vergangenheit* gesucht?«

Polly nickte schuldbewusst. Potzblitz! Auf einmal fühlte sie sich furchtbar klein und dumm. Warum nur hatte sie so gedankenlos gehandelt? Hätte sie nicht wissen müssen, dass so ein Plakat auch ungebetene Gäste auf den Plan rief?

Winifred strich sich verärgert die Locken aus dem Gesicht. »Ich hätte nicht schlecht

Lust, dir jetzt sofort einen gewaltigen Schimpfwörter-Schluckauf zu verpassen, junge Dame!«

»Polly hat es doch nur gut gemeint«, versuchte Isabella ihre Freundin zu verteidigen, aber es half nichts.

Polly wusste selbst, dass sie einen Fehler gemacht hatte, oh ja, einen potzblitzgigantischen Fehler. Am liebsten hätte sie sich höchstpersönlich in den eigenen Hintern gebissen, so sehr ärgerte sie sich über sich selbst. Nicht auszudenken, in welche Gefahr sie ihre Liebsten durch die kurzsichtige Aktion gebracht hatte. Was, wenn Tante Winnies Hausboot nun wirklich zerstört würde? Was, wenn die Finsterfürsten Familie Zappenduster in ihre Gewalt brachten und die Macht über alle Vampire wiedererlangten?

Polly grauste es bei der Vorstellung, unter dem Fluch der finsteren Fürsten in dunklen Gruften leben zu müssen. Sollte ausgerechnet sie schuld daran sein, dass Vampire wieder echtes Blut trinken mussten, so wie damals vor zweihundert Jahren?

Potzblitz, nein! So weit durfte es auf keinen Fall kommen!

Ein Freund hilft in der Not

Im Moment allerdings sah die Situation ausweglos aus. Mit unermüdlichen Riesenschritten näherten sich die gemeinen Fürsten auf dem grässlichen Troll, und Polly und ihre Freunde konnten nichts tun, außer abzuwarten und zu hoffen, dass es nicht genauso schlimm kommen würde, wie der Glühwicht es prophezeit hatte …

Mittlerweile war der hässliche Riese in den Kanal gestiegen und watete durch das Wasser. Tante Winnie hielt erschrocken den Atem an, als er kurz vor ihrem Boot innehielt. Offenbar hatte er tatsächlich genau nach diesem Ort Ausschau gehalten.

Mit Müh und Not konnte Polly in der Dunkelheit erkennen, wie das winzige Fürstenpaar dem Troll etwas ins Ohr flüsterte, und im nächsten Moment schon holte das Monster mit seiner Riesenpranke aus!

Winifred stieß einen quiekenden Schrei aus. Polly, Isabella und Charlotte konnten sie nur schwer davon abhalten, aus dem Gebüsch zu springen und dem Riesen den Hintern zu versohlen! Pollys Großtante war furchtlos und zäh, aber gegen einen Warzentroll und zwei mächtige Minischurken hatte sie kaum eine Chance … War das also das Ende ihres Hausbootes?

Polly konnte einfach nicht hinsehen! Gleich schon würde der warzige Arm des Ungeheuers den schmalen Hausbootturm erreichen und dann wäre es um Pollys Zimmer geschehen. Es musste doch etwas geben, was den Troll aufhielt! Polly wusste, dass sie etwas tun musste, und zwar jetzt sofort! Aber was? Warum nur war ihr vierter Vampirzahn noch nicht da? Zu gern hätte Polly den grausamen Schuft mit einer Wirbelsturmkraft in die Wüste geschickt oder mit einer mächtig stinkenden Pupswolke in die Flucht geschlagen. Aber ohne vierte Zauberkraft war das nicht möglich.

In ihrer Not fiel Polly nur eins ein: ihr Alarmzahn! Vielleicht würde der schrille Lärm den Warzentroll ja verscheuchen. Oder zumindest eine Weile ablenken …

Ohne noch länger nachzudenken, kratzte Polly sich am Nasenflügel. Im nächsten Augenblick schon erklang das ohrenbetäubende Klingeln, mit dem sie zuletzt eine Schar Hühner gegen das Fürstenpaar aufgebracht hatte. Familie Zappenduster und

Winnie schlugen sich überrascht die Hände auf die Ohren. Den Warzentroll aber schien der Lärm kein bisschen zu stören, nein. Es sah sogar so aus, als würde er den Alarm gar nicht wahrnehmen! Mit einem lauten Grunzen griff er nach der Turmspitze.

Polly verzog verzweifelt das Gesicht. Sie mochte nicht hinsehen, nein, sie *konnte* nicht zusehen, wie … Aber halt! Was war das? Der Warzentroll hielt den Turm bereits fest umklammert, da schnellte plötzlich eine gigantische Fliegenklatsche aus dem Wasser und schlug ihm mit voller Wucht auf die knotigen Finger. Jaulend zog das Ungeheuer seine hässliche Pranke zurück.

Pollys Augen leuchteten auf. »Der Wal! Er hat ihm einen Schlag verpasst.«

Pollys Alarmzahn hatte den Troll zwar nicht beeindruckt, wohl aber den Wal geweckt. Mit seiner großen breiten Schwanzflosse hatte er den warzigen Bösewicht spüren lassen, was er davon hielt, das Hausboot zu zerstören. Aber damit nicht genug! Denn während der fiese Riese noch staunte, was hier gerade passiert war, nahm der freundliche Unterwasserhelfer bereits Anlauf und rammte den Troll.

Das hässliche Ungeheuer stieß ein schmerzerfülltes Grunzen aus. Die kleinen Finsterfürsten wirkten plötzlich noch viel kleiner als zuvor,

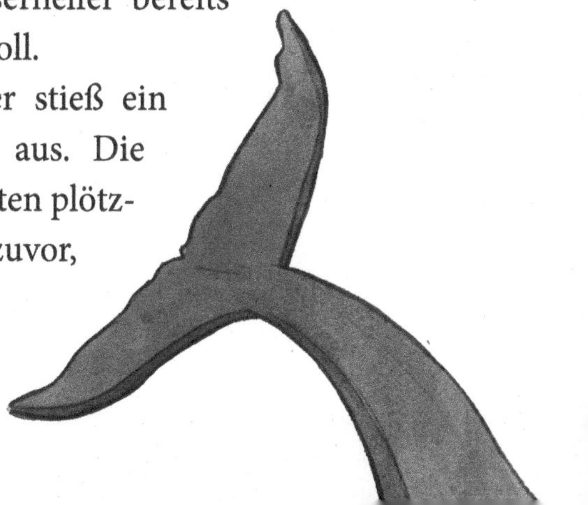

doch sie kreischten so laut, als wären sie drei Meter groß. Panisch versuchten sie, das Gleichgewicht auf dem Buckel des Trolls zu halten – vergebens! Ihr grässlicher Helfer hatte keine Chance, sich wieder zu fangen, denn im nächsten Moment sprang der Wal entschlossen aus dem Wasser und versetzte dem Bösewicht einen gewaltigen Stoß mit seiner breiten Stirn. Der Warzentroll taumelte und stürzte rücklings ins Wasser. Dabei flogen Lavinia und Fridolin in hohem Bogen durch die Luft. Mit einem Schrei platschten die beiden ins seichte Kanalwasser in der Nähe des Ufers.

Sprachlos sahen Polly, Winnie und Familie Zappenduster zu, wie der ungehobelte Troll sich zurück auf die Beine kämpfte und die Flucht ergriff. Dabei fiepte er wie eine Maus, der man gerade auf den Schwanz getreten war! Das hörten die Mädchen allerdings erst, als Polly ihren Alarmzahn wieder abgestellt hatte. Ungläubig lächelten sie einander an. War das alles hier gerade wirklich passiert oder träumten sie nur den gleichen Traum?

In dem Moment, als sich Polly ordentlich zwicken wollte, gluckste Graf Friedebald auf. »Ich … ich hab sie! Ich hab sie!«

Während die anderen dem grässlichen Warzentroll nachgesehen hatten, war Isabellas Vater hastig aus dem Gebüsch gekrochen und hatte sich ans Ufer gekniet. Und tatsächlich! Mit seiner linken Hand hatte er die pitschnassen Finsterfürsten aus dem flachen Wasser gefischt!

Keuchend und hustend saßen sie auf der Handfläche des Grafen und schnappten nach Luft. Ihren großen Auftritt hatten sich die Winzlinge sicher anders vorgestellt …

Ungläubig krochen Isabella, Polly, Charlotte, Konstanze und Winnie aus dem Busch und versammelten sich um die kleinen röchelnden Fundstücke.

Graf Friedebald strahlte, als hätte er das Christkind im Stall entdeckt. »Ha! Wenn ihr es mit uns aufnehmen wollt, müsst ihr schon schwereres Geschütz auffahren als so einen dümmlichen Troll!« Übermütig stupste er den pudelnassen Fridolin an. Der rang noch immer nach Atem und brachte kein Wort über die winzigen Lippen.

Plötzlich fiel Polly etwas auf. Aufgeregt kniff sie die Augen zusammen und deutete auf das gemeine Fürstenpaar. »Die haben ja gar keine *Füße* mehr!«

Keine Füße? Überrascht drängten sich die anderen um Graf Zappendusters Hand. Hatte Polly richtig gesehen? Und wenn ja, bedeutete das etwa, dass … Graf Friedebald tippte Lavinia neugierig mit dem Daumen an, um ihre Füße besser sehen zu können – da biss ihm die kleine Schurkin mit aller Macht in den Finger!

»*Aaaaaaaawwwwuuuuuuu!*« Isabellas Vater jaulte auf wie ein verwundeter Werwolf.

Lavinia und Fridolin nutzten diese Chance. In Windeseile fassten sie einander an den winzig kleinen Händen, flutschten zwischen Friedebalds Fingern hindurch und ließen sich ins weiche Laub am Uferboden fallen.

»Stopp!«, rief Winifred empört. »Haltet die kleinen Hasenköddel!« Sie machte einen gewaltigen Sprung nach vorne und stürzte sich kopfüber auf die flüchtenden Minifürsten. Leider trug sie noch immer keine Kontaktlinsen und verfehlte ihr Ziel deshalb gewaltig. Statt sich die pitschnassen Finsterschurken zu schnappen, klammerte sie ihre kräftigen Finger versehentlich um Graf Zappendusters Unterschenkel und zog ihn mit einem Ruck von den Beinen. Schreiend landete er mit seinem Nachthemd im Matsch …

Charlotte, Isabella und Polly konnten gerade noch erkennen, wie Lavinia und Fridolin im dichten Gebüsch verschwanden. Isabella wollte ihnen nacheilen, aber Polly hielt sie kopfschüttelnd zurück.

»Es ist dunkel und die beiden sind viel zu klein«, seufzte sie geknickt. »Die finden wir heute sicher nicht mehr …«

Greta hat eine Idee

Natürlich machte in dieser Nacht keiner mehr ein Auge zu. Obwohl sie das Allerschlimmste abgewendet hatten, fühlte sich niemand wirklich sicher und beruhigt. Irgendwo da draußen krochen die Finsterfürsten durch das Dickicht und schmiedeten bestimmt schon einen neuen bösen Plan. Die Frage war nicht, *ob* sie wieder zuschlagen würden, sondern eher *wann* …

Graf Zappenduster begann umgehend, das Hausboot angriffsicher zu machen. Er zerrte alte Holzlatten aus dem Keller und nagelte die Fenster und Türen zu. Dass das nicht allzu praktisch war, stellte Polly am nächsten Morgen fest, als sie sich zur Schule aufmachen wollte: Sie musste tatsächlich durch den Schornstein klettern, um von Bord zu kommen!

Eigentlich wäre es ihr lieber gewesen, zu Hause zu bleiben und ihren Freunden beizustehen, aber Tante Winnie nahm es ihr immer noch mächtig übel, dass sie am Tag zuvor die Schule geschwänzt hatte.

»Dafür fütterst du drei Wochen lang die Katze!«, hatte sie Polly angedroht und ihr warnend ein extragroßes Glas Blutorangensaft unter die Nase gehalten.

Polly hatte sie irritiert angeblinzelt. »Aber wir haben doch gar keine Katze …«

»Möchtest du jetzt etwa widersprechen?« Winifred hatte sie derart eindringlich angestarrt, dass Polly das große Glas Saft in einem Zug geleert hatte. Ob sie heute ausnahmsweise zu Hause bleiben durfte, musste sie jetzt wohl nicht mehr fragen …

Natürlich konnte Polly sich in der Schule kein bisschen konzentrieren. In ihrem Kopf dröhnte es, als hätte jemand zwischen ihren Ohren eine Waschmaschine angeschaltet. Aber nicht nur das, nein: Ständig bildete sie sich ein, aus dem Augenwinkel zwei kleine pitschnasse Minischurken herumhuschen zu sehen.

Warum nur hatte sie diese potzblitzblöden Plakate aufgehängt? Reichte es nicht, dass ihr das Wasser bis zum Hals stand? Mussten jetzt auch noch die fiesen Finsterfürsten mitmischen?

Polly seufzte und driftete in Gedanken zu Familie Zappenduster ab. Die Ereignisse der Nacht hatten ihre Spuren an den Körpern von Isabellas Familie hinterlassen. Graf Friedebald fehlte mittlerweile nicht nur der rechte Arm und der linke Unterschenkel, auch seine Ohren waren vor Schreck verblasst. Charlottes Nase war vollkommen verschwunden, ebenso wie ihre beiden Füße und der linke Ellenbogen. Mama Konstanze vermisste ihren rechten großen Zeh, den Bauchnabel und ihr komplettes linkes Bein. Potzblitz! Nicht mehr lange, dann würde für Isabellas Familie jede Hilfe zu spät kommen. Das konnte nicht, nein, das *durfte* nicht geschehen! Polly musste endlich diesen verflixten Spiegel finden! Aber wie? Und wo?

Zum Glück hatte Greta in der Pause eine kleine Überraschung für sie. Nachdem Polly ihren Freunden von der aufregenden Abenteuernacht erzählt hatte, hatte Greta einen zerknitterten Zettel aus der Hosentasche gezogen. Irritiert blinzelte Polly auf die schnörkeligen Zeilen. »Ein Flohmarkt?« Eigentlich war ihr nicht gerade nach Bummeln und Einkaufen zumute …

»Nicht irgendein Flohmarkt!« Greta grinste und strich sich die Haare hinters halbe Ohr. »Ein *Antik*-Flohmarkt! Und er findet heute Nachmittag statt. In der Nähe eures Hausbootes!«

Polly hatte immer noch keine Ahnung, worauf ihre Freundin hinauswollte.

Paul aber lachte begeistert auf. »Das ist genial! Die verkaufen da lauter alte Sachen!«

Einen Moment lang dachte Polly nach. »Meint ihr so Sachen wie …?«

»Superalte Spiegel, genau!« Greta strahlte wie der Polarstern persönlich.

Und ganz langsam schlich sich endlich auch auf Pollys Lippen ein leises Lächeln. Ja, diese Idee war gar nicht so schlecht …

Kaum hatte die Glocke zum Unterrichtsende geklingelt, warfen sich Polly, Greta und Paul ihre Rucksäcke über die Schultern und verließen fluchtartig das Schulgelände. Auf dem Weg zum Flohmarkt drückte und pulte Polly eifrig an ihrem Wackelzahn herum. Irgendwie musste sie diesen potzblitzhartnäckigen Beißer doch rauskriegen!

Paul und Greta warfen sich einen bekümmerten Blick zu.

»Vielleicht solltest du ihn einfach mal ein paar Tage in Ruhe lassen«, schlug Paul schließlich vor.

»In Ruhe lassen?« Polly warf ihm einen fassungslosen Blick zu. »Wie soll ich ihn denn in Ruhe lassen, wenn ich bis zur Nasenspitze im Schlamassel stecke? Winnies Hausboot sinkt immer noch, Isabellas Familie verblasst und jetzt lauern auch noch die Finsterfürsten vor unserer Haustür …« Polly schnaubte. »Nein, ich kann den Zahn nicht in Ruhe lassen, ich brauche ihn! Und zwar nicht erst in ein paar Tagen, sondern jetzt!«

Greta kratzte sich unsicher am Ellenbogen. »Aber du weißt doch gar nicht, ob der vierte Vampirzahn eine Zauberkraft hat, die deine Probleme lösen kann.«

»Oder ob er *überhaupt* eine Zauberkraft hat …«, fügte Paul vorsichtig hinzu.

Polly hielt einen Augenblick inne und dachte nach. Dann ließ sie erschöpft den Kopf hängen. »Ihr habt recht. Ich weiß nicht, ob mein neuer Zahn mir helfen kann.« Sie stieß einen wehmütigen Seufzer aus. »Aber alles, was mir im Moment bleibt, ist weiter zu hoffen, dass es so ist.« Schon wieder kämpfte Polly mit den Tränen. »Dieser Zahn *muss* eine Zauberkraft haben! Sonst ist Isabellas Familie verloren …«

Paul und Greta betrachteten ihre Freundin mitleidig und schlangen schnell die Arme um Pollys Schultern.

Greta zwickte ihr aufmunternd in die Nase. »Noch ist nichts verloren! Wir schaffen das schon – auch ohne neuen Zauberzahn!«

»Und zumindest die Finsterfürsten stellen kein Problem mehr dar«, ergänzte Paul hoffnungsvoll. »Du hast doch gesagt, sie sind geflüchtet! Die gruseln sich garantiert vor dem Wal und kommen nicht so schnell wieder!«

Polly schniefte. »Ich wünschte,

du hättest recht. Aber leider ist das Gegenteil der Fall: Die beiden Schurken werden wieder auftauchen. Und zwar ziemlich bald!«

Verwundert blickten Greta und Paul sie an.

Polly zögerte. »Erst habe ich gedacht, die beiden wären gekommen, um Familie Zappenduster anzugreifen. Aber dann habe ich ihre Füße gesehen.« Seufzend verzog sie das Gesicht. »Lavinia und Fridolin verblassen und werden immer schwächer, genau wie Familie Zappenduster! Offenbar ist ihr Schicksal aneinandergekoppelt.«

Paul staunte. »Heißt das etwa …«

»Ja.« Polly nickte bedrückt. »Auch die Finsterfürsten brauchen den *Spiegel der Vergangenheit*. Dringend! Deshalb sind sie gekommen. Für einen echten Angriff auf Isabellas Familie sind sie vermutlich längst zu schwach. Wenn sie den Spiegel nicht bald finden und in die Vergangenheit springen, verschwinden sie für immer.«

»Was ja grundsätzlich gar nicht so schlecht wäre«, gab Paul zu bedenken.

Greta runzelte die Stirn. »Aber das werden diese Minischurken doch niemals zulassen!«

Polly atmete tief durch. »Nein, ich bin mir sicher, sie würden *alles* tun, um das zu verhindern.« Jetzt, wo sie es aussprach, lief Polly ein Schauer über den Rücken. Ja, die Finsterfürsten waren ganz sicher noch immer in der Nähe des Hausboots und Polly wusste, dass die beiden Halunken zu jeder noch so gemeinen Schandtat bereit wären, selbst wenn sie mittlerweile geschwächt waren. Potzblitz! Sie musste diesen Spiegel unbedingt finden, bevor er in die Hände der Schurken fiel …

Flohmarktschätze und andere Halunken

Auf dem Flohmarkt gab es zwar unzählige alte Bilderrahmen, aber nur eine Handvoll Spiegel. Polly war darüber nicht unglücklich, immerhin hatte sie selbst nicht einen einzigen Cent dabei, um die Fundstücke zu bezahlen. Greta aber hatte ihr Sparschwein geschlachtet und vorsorglich all ihr Taschengeld eingesteckt.

Mit einer Ausbeute von drei potzblitzalten Spiegeln traten die Kinder den Heimweg an.

Polly lächelte Greta dankbar an. »Wenn dieser ganze Spuk vorbei ist, zahle ich dir alles zurück. Jeden einzelnen Cent!«

»Ach was, ist schon gut«, winkte Greta grinsend ab. »Nichts ist mehr wert, als einer Freundin aus der Patsche zu helfen!«

Polly lachte und dann konnte sie einfach nicht anders: Sie drückte Greta und Paul einen dicken saftigen Kuss auf die Wange. Wahre Freunde erkannte man oft erst in einer Notsituation, und Polly hatte das Glück, gleich zwei der weltallerwunderbarsten Freunde an ihrer Seite zu haben!

Für ein paar Minuten vergaß Polly all ihre Sorgen. Sie alberte mit Paul und Greta herum und fühlte sich ganz leicht. Selbst der Wackelzahn in ihrem Kiefer drückte nicht mehr.

Doch als die drei Freunde den Uferweg beim Hausboot erreichten, hörte Polly schon von Weitem, dass etwas nicht stimmte.

War das nicht Tante Winnie, die irgendwo da unten im Gebüsch meckerte wie eine Ziege im Hungerstreik? Eindeutig, das war sie! Polly verzog das Gesicht. Hoffentlich war sie nicht schon wieder in Gefahr!

Schnell drückte Polly Paul ihren Flohmarktspiegel in die Hand und schlitterte den steilen Abhang hinunter.

Und tatsächlich! Kaum hatte sie sich durch das dichte Sommerbuschwerk geschlagen, erkannte sie ihre Großtante. Sie hatte offenbar die Bretter von der Hausboottür entfernt und hüpfte schimpfend auf einen Holunderbusch zu. In der Hand hielt sie einen langen, dünnen Gegenstand, den sie wie ein Schwert durch die Luft zog. Polly kniff irritiert die Augen zusammen. War das etwa …? Ja, Tante Winnie ging wirklich mit einer *Klobürste* auf den armen Busch los! Aber warum?

Pollys Blick wanderte ratlos zum Hausboot. Jetzt erst

sah sie, dass sich Familie Zappenduster ängstlich an den Türrahmen drängte und Winnie beobachtete. Selbst aus der Ferne konnte Polly erkennen, dass nun auch Graf Friedebalds zweites Bein erblasst war. Offenbar beschleunigten Schreckmomente den Prozess – und das hier schien eindeutig so ein Moment zu sein.

Wie von Sinnen ließ Winifred ihre Klobürste auf den Busch niedersausen. »Los! Zeigt euch schon, ihr verflixten Schrumpelbiester! Wir wissen genau, dass ihr euch hier versteckt!«

In diesem Moment erreichten auch Greta und Paul mit den Flohmarktschätzen das Ufer und blickten Polly atemlos an.

Paul schluckte. »Sitzen da etwa die *Finsterfürsten* im Gebüsch?«

Polly presste die Lippen aufeinander. »Wer denn sonst? Ich glaube kaum, dass Winnie den Milchmann mit einer Klobürste verhauen würde!«

Greta klappte der Mund auf. »Und was … was machen wir jetzt?«, stotterte sie unsicher. Diese Angelegenheit war ihr offenbar nicht ganz geheuer.

Polly aber stemmte entschlossen die Arme in die Seiten. »Ich habe keine Ahnung, was ihr jetzt macht! Aber *ich* werde diese zwei Finsterbohnen augenblicklich dahin schicken, wo der Pfeffer wächst! Und zwar ein für alle Mal!«

Potzblitz! Polly reichte es! Immer wenn sie dachte, einen Schritt weitergekommen zu sein, tauchten diese beiden Minischurken auf und brachten alles durcheinander. Hatte Polly nicht schon genug Probleme? Musste sie sich wirklich auch noch mit zwei walnussgroßen Superhalunken rumschlagen?!

Nein, Polly platzte der Kragen!

»Lass mich das regeln, Winnie!« Entschlossen stampfte sie auf den Busch zu. Die Bäume am Ufer bebten unter der Wucht ihrer Schritte und das Wasser im Kanal schäumte auf. Die Vögel in den Baumkronen stellten vor Schreck ihr Gezwitscher ein, und selbst die Mücken und Bienen vergaßen für einen Moment zu surren. Es gab keinen Zweifel: Polly war wütend, potzblitzwütend sogar! Und das würden die Schurken im Gebüsch nun zu spüren bekommen.

»Schnallt euch besser an, denn gleich fliegt ihr auf den Mond!«, warnte Polly die zwei kleinen Gemeinheiten im Busch. Dann griff sie schnaubend mitten ins dichte Blattwerk, packte zu und warf zwei Händevoll Bösewichte in die Höhe. Ein lauter quiekender Schrei erklang und zischte wie eine Silvesterrakete durch die Äste! Aber was war das …? Oh nein! Als Polly sah, wen sie dort gerade wie einen Pillepallepopel durch die Luft geschleudert hatte, verschlug es ihr den Atem. Wer um Himmels willen war das?! Die Finsterfürsten sahen jedenfalls anders aus …

Wespenstich auf Bösewicht

Staunend drängten sich Winifred, Paul, Greta und Polly ans Ufer und blickten nach oben. Selbst Familie Zappenduster steckte neugierig die Köpfe durch den Türrahmen, um zu sehen, was vor sich ging.

Der Mann, den Polly eben wütend in die Luft katapultiert hatte, hatte sich im Sturzflug an einem Ast festgeklammert und hing nun in schwindelerregender Höhe über dem Kanal. Stotternd blinzelte er auf die Gruppe am Boden hinab.

»Ich k...komme in Frieden! E...ehrlich!« Hilflos zappelte er in der Sommerluft wie ein Fisch im Netz. »Ich würde j...ja die Hände heben, um mich zu ergeben, a...aber dann falle ich runter!«

Paul und Greta kicherten leise und selbst Winnie kräuselte die Mundwinkel zu einem kleinen Lächeln.

Polly aber blieb skeptisch. Besonders gefährlich sah der Kerl dort oben eigentlich nicht aus. Mit seinen langen dünnen Gliedern wirkte er eher wie eine harmlose Spinne, deren Beine sich verknotet hatten. Aber man konnte ja nie wissen, was sich unter einer unscheinbaren Oberfläche verbarg.

Misstrauisch kniff Polly die Augen zusammen und funkelte den Fremden an. »Wer in Frieden kommt, muss sich ja wohl kaum im Busch verstecken, oder?«

Der Mann schnappte nach Luft. »Ich h...hatte Angst vor dem rothaarigen Lockenkopf!«

»*Rothaariger Lockenkopf?*« Winifred schwenkte bedrohlich ihre Klobürste. »Ich geb dir gleich einen rothaarigen Lockenkopf! In mein Hausboot einbrechen wolltest du, du hinterhältiger Ganove!«

Vom Türrahmen meldete sich Graf Zappenduster. »Winifred hat recht! Wir haben alle gehört, wie jemand versucht hat, die Tür aufzubrechen! Wir dachten allerdings, es wären die finsteren Fürsten!«

Tante Winnie grummelte. »Und weil Angriff bekanntlich die beste Verteidigung ist, sind wir den Eindringlingen zuvorgekommen. Ich hab mir die nächstbeste Waffe aus dem Bad gegriffen und hab die Halunken in den Busch getrieben. Oder besser gesagt: *den* Halunken!« Entschlossen ließ sie die Klobürste durch die Luft zischen und verfehlte den Fremden nur um wenige Zentimeter.

Erschrocken zog er die Beine in die Höhe. »N...Nein, das ist alles ein furchtbarer Irrtum!«

Verärgert holte Winnie ein weiteres Mal aus. »Der einzige Irrtum hier weit und breit ist, dass du nicht bis auf den Jupiter geflogen bist!«

Polly hatte in diesem Moment fast ein bisschen Mitleid mit dem Mann. Es würde sicher nicht mehr lange dauern, dann ging ihm die Kraft aus ... Beschwichtigend legte sie ihrer Großtante die Hand auf den Arm.

»Jetzt lass ihn erst mal ausreden. Vielleicht hat er ja eine plausible Erklärung.«

»D...Die habe ich wirklich«, japste der hilflose Hering in der Höhe.

Winifred zögerte und ließ dann missmutig ihre Waffe sinken. »Also gut. Aber wenn er auch nur ein falsches Wort sagt, verpasse ich ihm einen Schluckauf, der sich gewaschen hat!«

Polly grinste und nickte dem Fremden zu. Der fing umgehend an, sich zu erklären.

»I...Ich war hier unten am Ufer unterwegs und plötzlich musste ich ganz dringend mal f...für kleine Naturliebhaber.«

Winnie kniff verständnislos die Augen zusammen. »Du musstest *was?*«

Paul kicherte. »Er musste pinkeln.«

»G...Genau«, bestätigte der Mann verlegen. »U...Und da dachte ich, ich gucke mal, ob es auf dem verlassenen Schiff noch eine T...Toilette gibt.«

Winifred schürzte die Lippen. »Rein zufällig ist dieses Schiff nicht verlassen, sondern äußerst belebt. Und zwar von mir höchstpersönlich!« Erneut hob sie ihre Klobürste, aber Polly beruhigte sie mit einem Blick.

Neugierig betrachtete das kleine Vampirmädchen den zappelnden Fremden. »Warum haben Sie denn nicht einfach ins Gebüsch gepinkelt?«

Der Mann schnappte entrüstet nach Luft. »Niemand sollte jemals in einen Busch urinieren! Wer weiß, welches Tierchen dort vielleicht sein Zuhause aufgeschlagen hat? Ich würde nicht riskieren wollen, einem Lebewesen auf den Kopf zu machen.« Vor lauter Anstrengung war sein Gesicht rot angelaufen. »Jedes Tier hat Schutz verdient! Ob es ein Mistkäfer in der Hecke ist oder der Wal hier im Kanal!«

Potzblitz! Polly hielt erschrocken den Atem an. Hatte der Fremde gerade vom Wal gesprochen? Und wenn ja: Woher wusste er Bescheid?

Auch die anderen blickten einander beunruhigt an.

Winifred erlangte als Erste die Fassung zurück. »Papperlapapp! In diesem Kanal gibt es keinen Wal!«

Polly staunte. Dafür dass Winnie es überhaupt nicht ausstehen konnte, wenn man flunkerte, war sie darin selbst erstaunlich gut. Jetzt fing sie an zu lachen, als ob sie jemand mit einer Feder an der Fußsohle kitzelte. »Ein Wal in diesem Kanal! Hat man so was schon gehört? Mir wächst wohl eher ein Propeller auf der Stirn, als dass ein echter Wal in diesem Wässerchen planscht!«

Winifreds Lachen war derart ansteckend, dass Paul, Greta und Polly mit einstimmten. Selbst Familie Zappenduster kicherte im Türrahmen. Nur der hangelnde Fremde im Baum blieb erstaunlich ernst.

»Ich kann zwar nicht für Ihre Stirn sprechen«, räusperte er sich schließlich, »aber dass ein Wal in diesem Kanal ist, weiß ich zu einhundert Prozent.«

Sofort verstummte Winnies Lachen. Sie blinzelte den Mann finster an. »Und ich weiß zu zweihundert Prozent, dass diese Klobürste gleich an ihre Birne fliegt, wenn Sie sich noch weiter in unsere Angelegenheiten einmischen.«

Der Fremde riss die Augen auf und schluckte. »Nein, bitte nicht! Vielleicht … hilft es, wenn ich mich erst einmal vorstelle? Dann werden Sie sehen, dass ich nichts Böses im Schilde führe.«

Winnie und die anderen warfen sich einen zweifelnden Blick zu. Dann sah Polly hinauf zum Baummann und nickte.

Erleichtert setzte er zu einer Vorstellungsrunde an. »Vielen Dank! Mein Name ist …« Plötzlich hielt er inne und schielte auf seine Nasenspitze herab. »Oh nein! Nein, nein, nein!«

»Das ist aber ein merkwürdiger Name«, warf Winnie ein und konnte sich ein Kichern nicht verkneifen.

Der Fremde oben im Geäst aber fand die Situation kein bisschen lustig: Eine kleine freche Wespe hatte sich mitten auf seine Nase gesetzt! Hektisch versuchte der Mann das übermütige Insekt wegzupusten. Aber das Tier blieb selbstbewusst an seinem Platz sitzen.

»Mein N...Name ist …«, setzte der Mann zu einem zweiten Versuch an und kräuselte dabei die Nasenspitze. In der nächsten Sekunde aber bereute er es, denn die Wespe fuhr ihren Stachel aus und stach herzhaft zu! Mit einem qualvollen Schrei griff sich der namenlose Pinkel-Halunke ins Gesicht – und vergaß dabei, dass er sich eigentlich am Ast festhalten sollte. Quiekend sauste er hinab in die Tiefe …

Konrad von Hechtsuppe

Auch diesmal war der Wal sofort zur Stelle. Mit einer kraftvollen Fontäne beförderte er das klagende Wespenstichopfer sicher ans Ufer. Pitschnass, aber glücklich ließ sich der Mann von Polly, Greta und Paul an Land ziehen.

»Der W...Wal! Er hat mich gerettet!« Erleichtert sank er auf den schlammigen Boden zurück. Seine Nase war geschwollen und glühte wie eine Herdplatte, aber der Schmerz schien offenbar vergessen. Fasziniert erhob er sich von allen vieren und sah der Flosse nach, die nun wieder im Kanal abtauchte.

Polly und ihre Freunde blickten sich unsicher an. Jetzt machte es wohl keinen Sinn mehr zu leugnen, dass sich das Riesentier dort draußen im Wasser herumtrieb.

Besorgt biss Polly sich auf die Lippe. »Der Wal ist unser Freund. Wenn Sie ihm also wehtun wollen, dann ...«

»Wehtun?«, unterbrach sie der geheimnisvolle Fremde. »Das würde mir im Traum nicht einfallen!« Vornehm wischte er sich die schlammigen Hände an der Hose sauber. »Gestatten, mein Name ist ...«

»*Kunibald von Hechtsuppe!* Das … das ist Kunibald von Hechtsuppe!« Graf Zappenduster streckte aufgeregt seinen Kopf durch den Türrahmen. Erst jetzt, als der Fremde unten auf dem Boden gelandet war, hatte er ihn von Nahem betrachten können. »Tatsächlich, ich erkenne Sie! Sie sind der weltberühmte Walfänger!«

Isabella zog ihren Vater schnell zurück ins Hausboot, bevor der Mann sehen konnte, dass dem Grafen die Ohren fehlten.

Polly horchte alarmiert auf. Hatte sie richtig gehört? Hatte Graf Friedebald den Fremden einen *Walfänger* genannt?

Potzblitz! Finster kniff Polly die Augen zusammen.

Doch auch der Fremde schien sich nicht sonderlich über Graf Zappendusters Beschreibung zu freuen. Missmutig verzog er das Gesicht und seufzte.

»Kunibald war mein Ururururgroßvater. Und ja, er war ein Walfänger«, gab der Mann zerknirscht zu. »Aber ich bin nicht besonders stolz darauf! Und deshalb habe ich es mir zur Lebensaufgabe gemacht, mich für die Erforschung und Rettung der Wale einzusetzen.« Er räusperte sich und hielt Tante Winnie die Hand hin. »*Konrad* von Hechtsuppe, so heiße ich!«

Winifred war so perplex, dass sie ihm zunächst die Klobürste hinhielt. »Ein Walforscher also, aha, aha …«

Während Konrad von Hechtsuppe ihre Hand so stark

schüttelte, als könnte er damit jeden Zweifel wegrütteln, runzelte Polly nachdenklich die Stirn. Konnten sie dem Mann wirklich vertrauen? Im Moment jedenfalls fiel ihr keine andere Möglichkeit ein. Mit der zerstochenen Nase und den dreckigen Klamotten sah er ziemlich jämmerlich aus, aber kein bisschen gefährlich.

Neugierig kräuselte Polly die Mundwinkel. »Wenn Sie wirklich ein Walforscher sind, dann können Sie uns doch sicher verraten, wie das Tier in den Kanal gekommen ist, oder?«

Konrad von Hechtsuppe zuckte nüchtern mit den Schultern. »Na ja, ich gehe davon aus, dass er geschwommen ist. Jedenfalls habe ich in all meinen Jahren als Tierexperte noch nie einen Walfisch fliegen sehen.«

Greta, Paul und Winifred glucksten los. Selbst Familie Zappenduster lachte leise auf. Dieser Kerl war vielleicht etwas steif und ungelenk, aber durchaus witzig. Nun beugte er sich zu Polly hinab.

»Ehrlich gesagt ist es gar nicht so wichtig, wie der Wal hergekommen ist.« Seufzend blickte er auf die ruhige Kanalwasseroberfläche. »Viel entscheidender ist, warum er nicht wieder *rauskommt* …«

Potzblitz! Darüber hatte Polly in all der Aufregung noch gar nicht nachgedacht. Aber es stimmte: Der Wal mochte sich vielleicht hierher verirrt haben, doch zum Bleiben war eigentlich nicht genug Platz. Warum also schwamm er nicht einfach zurück?

Friedebald von Zappenduster bestand darauf, dass Konrad von Hechtsuppe mit ihnen allen zu Abend aß. Er war mächtig begeistert von dem Gedanken, hier einen entfernt Bekannten aus längst vergangenen Zeiten gefunden zu haben. Dass die blasse Familie Zappenduster einen befremdlichen Eindruck auf den Walforscher machen könnte, hatte er in seinem Übereifer natürlich nicht bedacht. Doch auch hier schufen Polly und Winifred rasch Abhilfe. Sie versorgten Charlotte, Konstanze und ihren Mann mit dicken Strumpfhosen, Handschuhen und Schals, damit sie die bereits verschwundenen Körperteile geschickt abdecken konnten. Graf Friedebald trug einen von Winnies selbst gestrickten Ohrenwärmern und Charlotte verbarg ihre fehlende Nase unter einem bunten Tuch.

Bis auf Greta und Paul, die zu Hause erwartet wurden, saßen nun alle gemeinsam am Tisch und lauschten den Erzählungen des Walexperten. Selbst Winifred konnte Konrad nicht länger böse sein, als sie hörte, mit welcher Leidenschaft er von den Tieren und seinen Reisen berichtete. Sie stützte sich versonnen auf ihre Ellenbogen und stieß einen wehmütigen Seufzer aus. »Früher habe ich auch all solche Abenteuer erlebt, oh ja …«

Polly war überrascht. Sie hatte immer das Gefühl gehabt, dass ihre Großtante gerne hier auf dem kleinen ruhigen Kanal lebte. Jetzt aber schien es, als würde sie ihre Abenteuerreisen mächtig vermissen.

Konrad von Hechtsuppe seinerseits war so begeistert von seinen eigenen Geschichten, dass ihm die merkwürdige Vermummung der Familie Zappenduster gar nicht auffiel. »Im allerfrühsten Morgengrauen mache ich mich auf die Suche nach dem Problem«, verkündete er schließlich zwischen zwei Löffeln von Konstanzes köstlichem Gemüseeintopf. »Irgendetwas scheint unseren edlen Riesen daran zu hindern, wieder ins Meer hinauszuschwimmen. Und ich werde höchstpersönlich herausfinden, was es ist!«

Tante Winnie schaufelte ihm einen ordentlichen Nachschlag auf den Teller. »Unsere erste Begegnung war zwar nicht die allerbeste, aber …« Sie räusperte sich verlegen. »Wenn Sie wollen, können Sie eines unserer Gästezimmer beziehen. Zumindest für heute Nacht.«

Polly musste lächeln. So kratzbürstig Winifred manchmal auch war: Im Grunde hatte sie eben doch das weltallergrößte Herz – besonders für Menschen, die sich für andere einsetzten.

Auch Konrad verstand, dass es sich hierbei um ein waschechtes Friedensangebot handelte. Er verneigte sich dankbar. »Ich freue mich sehr über Ihr Angebot, Fräulein Winifred!« Dann verzog er entschuldigend das Gesicht. »Aber wenn Sie nichts dagegen haben, würde ich mein Zelt heute Nacht gerne direkt am Ufer aufschlagen. Nur für den Fall dass der Wal mir etwas Wichtiges mitteilen möchte.«

Winnie kicherte schüchtern. Seit einer halben Ewigkeit schon hatte sie keiner mehr mit »Fräulein« angesprochen. Ganz langsam fand sie Gefallen an diesem Herrn Hechtsuppe.

Polly beobachtete die beiden ungläubig. Amüsiert schüttelte sie den Kopf. Sie glaubte zwar nicht daran, dass der Wal einen nächtlichen Kaffeeklatsch mit Konrad halten würde, aber dennoch war sie froh, dass der Besucher das Hausboot nach dem Essen verlassen würde. Immerhin hatten sie heute noch eine wichtige Mission vor sich …

Spieglein, Spieglein in der Hand

»Drei Spiegel …?« Charlotte rieb sich unsicher das blasse Kinn, als Polly ihnen allen die Flohmarkt-Fundstücke zeigte. Greta und Paul hatten die zerbrechlichen Kostbarkeiten in Pollys Zauberzimmer gestellt, denn hier konnten sie wenigstens nicht zu Bruch gehen.

Konstanze runzelte die Stirn. »Und durch diese Dinger sollen wir hindurchspringen?«

Polly zuckte mit den Schultern. »Es war nur so eine Idee von Greta. Aber ich finde, es ist einen Versuch wert.« Plötzlich legte sich eine unangenehme Stille über das Zimmer. Isabella verlagerte ihr Gewicht unsicher von einem Bein auf das andere, und nicht mal Winifred fiel ein witziger Spruch ein.

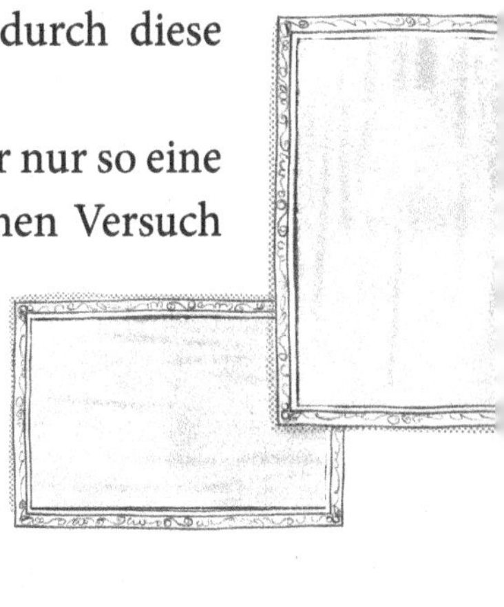

Schließlich trat Charlotte entschlossen vor. »Also gut. Dann springe ich jetzt.« Sie atmete tief durch, straffte die Schultern und wollte Anlauf nehmen, aber Isabella warf sich ihr entsetzt in den Weg.

»Stopp! Das geht so nicht!«

Alle anderen blickten sie irritiert an. Isabella seufzte. »Stellt euch vor, einer dieser Spiegel führt tatsächlich in die Vergangenheit.« Traurig blinzelte sie Polly und Winnie an. »Dann sollten wir uns doch wenigstens voneinander verabschieden, oder?«

Potzblitz! Isabella hatte recht. Wenn einer dieser drei Spiegel wirklich der *Spiegel der Vergangenheit* war, dann war jetzt der Zeitpunkt gekommen, um Lebewohl zu sagen.

Ein dicker Kloß bildete sich in Pollys Hals, und in Charlottes und Isabellas Augen sammelten sich glänzende Tränen.

Graf Zappenduster merkte, dass hier ein starker Anführer gefragt war.

»Ich bin am meisten verblasst, also gehe ich zuerst!«, verkündete er tapfer. »Dann habt ihr noch ein bisschen Zeit, euch in Ruhe zu verabschieden.«

Mit durchgestreckter Brust trat er auf Winifred zu und schlang seine Arme um Pollys Großtante – oder zumindest das, was von seinen Armen noch zu sehen war … Er räusperte sich. »Meine Werteste, ich zolle Ihnen meinen allergrößten Dank für alles, was Sie für meine Familie getan haben!« Ungelenk drückte er ihr einen feuchten Kuss auf die Wange.

Polly rechnete damit, dass ihre Großtante jeden Moment einen spitzen Kommentar von sich geben würde, aber nein. Selbst Winnie kämpfte mit ein paar kleinen widerspenstigen Abschiedstränen …

Dann ging Graf Zappenduster vor Polly in die Hocke und blickte ihr tief in die Augen. »Du bist nur ein kleines Vampirmädchen, Polly Schlottermotz, aber du hast die Welt verändert. *Meine* Welt!« Vorsichtig strich er ihr eine Strähne aus dem Gesicht. »Dafür werde ich dir immer dankbar sein – jetzt, in der Vergangenheit und bis in alle Ewigkeit!«

Polly konnte nichts sagen. Ihre Stimme steckte fest wie ein Fellknäuel im Abflussrohr. Schnell richtete sich Graf Friedebald wieder auf und wischte sich ein glitzerndes Tränchen aus dem Augenwinkel. Dann straffte er seine Schultern und schnappte sich den ersten Rahmen.

»Und … wie mache ich es jetzt? Mit dem Kopf voran oder zuerst mit dem Fuß?«

»Versuch es mit deinem linken Arm, mein Schatz«, schlug Konstanze vor und tupfte sich die blasse Nasenspitze ab. »Den kann man noch ganz gut sehen!«

Isabellas Vater nickte, holte aus, und ließ mit Karacho seine Faust in den Spiegel krachen. Mit einem lauten Klirren brachen unzählige Scherben aus dem Glas und prasselten auf den Boden.

Graf Friedebald schrie auf und ließ vor Schreck und Schmerz den Rahmen fallen. Prompt plumpste ihm der schwere Holzrahmen auf den unsichtbaren Fuß.

Während der Graf sich winselnd auf dem Boden krümmte, setzten sich die Scherben des zerbrochenen Spiegels in Windeseile in Bewegung und fügten sich zu ihrer ursprünglichen Form zusammen.

»Genau für solche Gelegenheiten hier habe ich das Zimmer verzaubert«, erklärte Winnie stolz und grinste.

Charlotte stellte den eben erprobten Spiegel in die Ecke. »Dieses Teil hier bringt dich höchstens ins Krankenhaus, Papa, aber nicht in die Vergangenheit.«

Polly musste sich ein Kichern verkneifen. Armer Friedebald …

Graf Zappenduster aber wollte vor seinen Töchtern keine Schwäche zeigen und griff direkt nach dem zweiten Flohmarktspiegel. Fest entschlossen legte er ihn vor sich auf den Boden.

»Auch ein Graf lernt noch dazu! Ein zweites Mal wird mir das nicht passieren.« Dann zählte er bis drei und sprang mit einem gewaltigen Satz auf den flachen Spiegel zu. Dummerweise blieb er dabei mit seinem rechten Fuß an der Teppichkante hängen und klatschte bäuchlings auf den antiken Rahmen.

Ein wehleidiges Stöhnen drang aus seinem Mund.

Das Spiegelglas hatte einen Riss, der sich wie ein Spinnennetz von Ecke zu Ecke zog, aber auch dieser Schaden war nach wenigen Sekunden wieder behoben.

Isabella half ihrem ächzenden Vater auf und schob den zweiten Spiegel zur Seite. »Jetzt bleibt nur noch einer …«

Graf Zappenduster schüttelte den Schmerz tapfer weg und packte sich den dritten Spiegel. »Dieser hier ist es, das spüre ich genau!« Mit zusammengekniffenen Augen fixierte er sein Spiegelbild. Es sah so aus, als wollte er diesmal mit dem Kopf voran durch das Fundstück brechen.

Er holte sorgfältig Luft, blähte die Backen auf, als wollte er gleich in einem Meeresgraben abtauchen – und entdeckte dann etwas im Spiegelbild!

»Ist das … ist das etwa ein *Glühwicht?*«

Alle Augenpaare wanderten verwundert zur Zimmerdecke. Und tatsächlich! Dort oben surrte ein kleiner orientierungsloser Lichtbrummer herum.

Polly kratzte sich ratlos an der Stirn. »Was will der denn hier? Hier ist doch weit und breit keine Gefahr in …«

Weiter kam sie nicht, denn plötzlich ertönte ein winzig kleines Angriffsgeschrei! Das waren doch …! Potzblitz, ja! Polly deutete hektisch auf den bunten Lampenschirm, der unter der Decke baumelte. »*DIE FINSTERFÜRSTEN!*«

Ja, wirklich, sie waren es! Noch immer klein wie Fingerkuppen nahmen Lavinia und Fridolin oben auf der Lampe Anlauf und sprangen hinab auf den Spiegel, den Graf Friedebald in seinen Händen hielt. Wie waren die Schurken nur auf das Hausboot gekommen? Und wie lange hatten sie Polly und ihre Freunde schon aus dem Hinterhalt beobachtet? Ganz offensichtlich hatten jedenfalls auch sie gehofft, hier den *Spiegel der Vergangenheit* zu finden. Jetzt aber stellte sich heraus, dass auch der dritte Flohmarktfund nicht das ersehnte Tor in die Vergangenheit war. Fridolin und Lavinia purzelten unsanft auf die glänzende Oberfläche, schlitterten ungebremst über den Rand hinaus und landeten stöhnend auf dem Fußboden. Dabei verrutschte Lavinias Rock und Polly konnte erkennen, dass sie bereits bis zur Hüfte verblasst war. Auch für die beiden Superschurken drängte also die Zeit!

Während alle anderen verblüfft staunten, schnappte sich Tante Winnie einen Garderobenständer aus der Zimmerecke.

»Na wartet, ihr Halunken! Aus euch mach ich Kleebeerengelee!« Wie vom wilden Hafer gestochen holte Winifred aus und schlug nach den winzigen Finsterfürsten. Leider ging sie dabei nicht allzu genau vor und haute mit einem ihrer Schläge Graf Friedebald von den Beinen. Der Vater der Zwillinge ging kreischend zu Boden, der Spiegel in seinen Händen zerbrach in hundert Einzelteile.

Lavinia und Fridolin hüpften wie zwei Flöhe zwischen den Scherben hindurch. Winnie holte weiter unbeirrt aus und legte dabei Pollys Zimmer in Schutt und Asche. Die beiden Minischurken allerdings erwischte sie nicht.

Mit einem Quieken huschten die Schrumpelfürsten unter Pollys Kleiderschrank. Ha! Jetzt saßen sie in der Falle!

Isabella schnappte sich eine alte Sparbüchse vom Schreibtisch und warf sie Polly zu. »Hier! Da drin sperren wir die beiden ein!«

Graf Friedebald hielt die Luft an und vergaß vor lauter Aufregung sogar zu jammern. Winifred ließ schwitzend den Garderobenständer fallen und nickte Polly zu.

Polly atmete tief durch und sank dann auf alle viere hinab. Aufmerksam spähte sie unter den Kleiderschrank. Potzblitz, war das dunkel da unten und staubig! Zentimeter für Zentimeter tastete Polly mit ihren Augen den Boden ab. Aber nein. Hier war nichts. Nicht mal der weltallerkleinste Superschurke …

Enttäuscht ließ Polly sich auf ihren Popo sinken. »Sie sind verschwunden.«

»Aber das kann nicht sein!« Graf Zappenduster rappelte sich auf und lehnte sich gegen den schweren Kleiderschrank. Winnie, Konstanze und die beiden Zwillinge packten mit an, und endlich rückte der Schrank zur Seite. Doch was sie dann erblickten, gefiel ihnen kein bisschen. Was sich hinter dem alten Möbelstück verbarg, waren nicht etwa die Finsterfürsten, sondern ein faustgroßes Loch in der Wand. Und durch das waren die Halunken offenbar verschwunden …

Auf Spurensuche

Konrad von Hechtsuppe hatte von der vorabendlichen Aufregung natürlich nichts mitbekommen. Und weil er unbedingt vor Sonnenaufgang mit der Spurensuche beginnen wollte, und Polly, Isabella und Charlotte ihn auf jeden Fall begleiten wollten, standen die Mädchen am nächsten Morgen schon um fünf Uhr vor dem kleinen Zelt am Ufer.

Als der selbst ernannte Walretter seine rot gestochene Nasenspitze aus dem Zelt steckte, blinzelte er verwundert in Richtung Kanal. »Nanu, ich dachte, ich hätte mein Zelt viel näher am Wasser aufgeschlagen …«

Die Mädchen aber brachten nichts anderes als ein kräftiges Gähnen hervor. Die Nacht war zu kurz gewesen, als dass sie nun irgendetwas Sinnvolles hätten antworten können.

Konrad von Hechtsuppe hingegen schien äußerst ausgeschlafen. In einer irrwitzigen Verkleidung aus Flossen und einem Tarnregenschirm krabbelte er aus dem Zelt, reckte und streckte sich ausgiebig, und sog tief die taufri-

sche Morgenluft ein. Aufgeregt rieb er sich die Hände. »Seid ihr bereit für eine kleine Uferexpedition?«

Isabella, Charlotte und Polly nickten müde.

Damit Herr von Hechtsuppe auch heute Morgen nicht merkte, dass Isabellas Zwillingsschwester verblasste, hatte sie sich wieder einen von Winnies Schals stramm ums Gesicht gebunden. Nur Charlottes Augen blitzen aus einem schmalen Spalt hervor.

Der Walforscher betrachtete sie neugierig. »Bist du etwa krank? Falls ja, solltest du lieber im Bett bleiben. Nicht dass du dem Wal einen Schnupfen verpasst.«

»Keine Sorge«, erwiderte Polly und nahm Charlotte entschlossen an die Hand. »Sie will den Wal ja nur suchen und nicht *küssen!*«

Isabella und Charlotte kicherten.

Konrad von Hechtsuppe seufzte. »Also gut. Aber ihr bleibt immer schön hinter mir! Ihr könnt euch gar nicht vorstellen, was für Gefahren in so manchem Gebüsch lauern!«

Polly und die Zwillingsschwestern mussten sich ein müdes Lachen verkneifen. Wenn dieser Herr von-und-zu Walretter nur wüsste, welchen Gefahren sie schon alles getrotzt hatten. Ein kleiner Wespenstich war ja wohl ein Klacks gegen eine Begegnung mit dem Warzentroll! Trotzdem nickten sie nun brav und folgten den langen Schritten ihres morgendlichen Anführers. Immer wieder hielten sie unterwegs inne, um auf Anzeichen des Wals zu achten.

Aber nein, da war nichts. Nicht der leiseste Mucks drang vom Wasser zu ihnen herüber …

»Kein Wunder«, bemerkte Polly nüchtern und rieb sich die Augen. »Um die Zeit schläft so ein Riesenfisch sicher noch.«

Walforscher Konrad erhob belehrend den Zeigefinger. »Erstens ist ein Wal kein *Fisch*, sondern ein Säugetier.«

Polly rollte mit den Augen. Sie wusste, dass er recht hatte, ja. Aber musste er sich dabei aufführen wie der weltallergrößte Besserwisser? Offenbar hatte er vor, Pollys Papa Cornelius Konkurrenz zu machen, denn nun hob er schon einen weiteren Finger. »Und zweitens ist der frühe Morgen die beste Gelegenheit, um einem Problem auf den Grund zu gehen.« Er beugte sich zu den Mädchen hinunter und flüsterte: »Um diese Uhrzeit liegt die Welt noch in den Federn. Spuren lassen sich jetzt viel besser wahrnehmen. Horcht doch mal!«

Tatsächlich klang die Stadt in den allerfrühsten Morgenstunden ganz anders. Auf den Straßen fuhren nur wenige Autos, und vom Spazierweg drangen keine Stimmen herab ans Ufer. Selbst die Insekten, die sonst durch die Luft schwirrten, schienen noch selig zu schlummern …

Schweigend und auch ein bisschen ehrfürchtig marschierten die vier Abenteurer weiter.

An der Brücke, die über die Osterstraße führte, blieben sie schließlich stehen. Offenbar plante Herr von Hechtsuppe hier eine besonders genaue Inspektion. Er legte bedeutungsvoll seinen Finger auf die Lippen, kniff die Augen zusammen und schob sich ein mächtig großes Fernglas vors Gesicht.

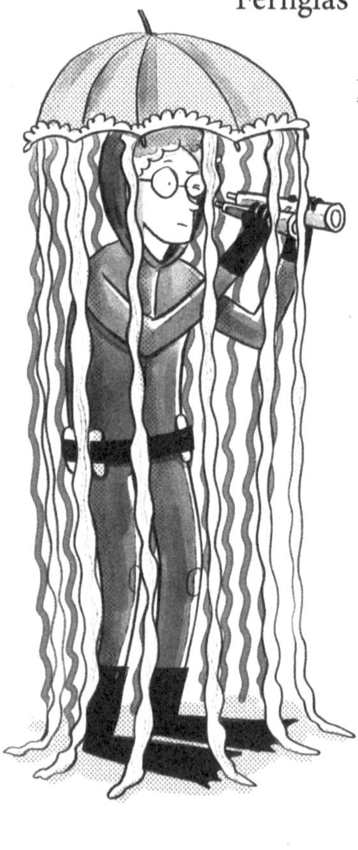

Polly hatte das Gefühl, dass sein Blick jeden einzelnen Millimeter des Brückengemäuers abtastete.

»Haaaaa!« Plötzlich stieß Konrad ein Lachen aus und erschrak im nächsten Moment über seine eigene Lautstärke. Auch Polly, Charlotte und Isabella zuckten überrascht zusammen.

Der Walforscher drückte Polly aufmunternd sein Fernglas in die Hand. »Siehst du, was ich sehe?«

Neugierig linste Polly durch die Verstärkungsgläser. Konzentriert starrte sie auf das Brückengemäuer – aber etwas Besonderes konnte sie beim besten Willen nicht entdecken. »Na ja«, gab sie kleinlaut zu. »Ich sehe die Brücke ...«

Konrad von Hechtsuppe schnalzte ungeduldig mit der Zunge. »Schau doch mal *unter* die Brücke!«

Polly senkte das Glas. »Unter der Brücke ist ... Wasser.«

Jetzt rollte Konrad mit den Augen. »Und was siehst du *zwischen* Brücke und Wasser?

Zwischen Brücke und Wasser? Polly hatte keinen blassen Schimmer, worauf er hinauswollte. Angestrengt wanderte ihr Blick am Mauerwerk entlang. Aber alles, was ihr auffiel, war ... Nein, das konnte er nicht meinen. Oder etwa doch?

»Da ist so grünes Moos an der Mauer. So wie das, was ich unter Wasser an Winnies Hausboot gesehen hab.«

»Genau!« Herr von Hechtsuppe klatschte begeistert in die Hände. »Und dieses Moos verrät uns, warum der Wal nicht zurückschwimmt!« Er strahlte, als hätte er so eben einen furchtbar wertvollen Goldschatz entdeckt.

Die Mädchen sahen sich irritiert an.

Isabella räusperte sich. »Hat das Moos etwa Fangarme und hält den Wal zurück?«

»Oder schmeckt es ihm einfach nur besonders gut?«, schlug Charlotte leise vor.

Der Walretter schüttelte grinsend den Kopf. »Nichts

von beidem. Das Moos verrät uns lediglich, dass das Wasser bis vor Kurzem bis dort oben reichte.«

Noch immer schienen die Mädchen nicht verstanden zu haben, was er damit sagen wollte.

Langsam verlor Herr von Hechtsuppe die Geduld. »Ich gebe ja zu, dass es früh ist! Aber ihr könnt doch trotzdem ein bisschen mitdenken, oder?« Er holte tief Luft. »Das Wasser stand hoch genug, dass der Wal unter der Brücke hindurchschwimmen konnte! Jetzt aber ...«

Potzblitz! Endlich ging Polly ein Licht auf. Dass sie nicht früher darauf gekommen war!

Ungläubig blinzelte sie ihre Freunde an. »Das *Wasser* ist gesunken!«

Konrad von Hechtsuppe machte einen kleinen Freudenhüpfer und applaudierte. »Hundert Punkte für das kleine Mädchen mit den großen Zähnen!«

Isabella runzelte die Stirn. »Das Wasser ist gesunken ...?«

Polly nickte. »Wir haben die ganze Zeit gedacht, dass Winnies Hausboot ein Leck hat! Dabei ist es der *Kanal*, der Wasser verliert!«

Natürlich! Wie hatte sie das nur so lange übersehen

können? Deswegen hatte ihr Aufsatz weiter oben im Baum gehangen. Deshalb waren die Büsche und Bäume plötzlich höher. Und darum hatte Konrads Zelt heute Morgen weiter vom Ufer weg gestanden! Das Kanalwasser ging langsam zurück!

Polly war mächtig erleichtert, endlich zu wissen, was das Problem war. Doch gleichzeitig bedrückte sie etwas.

Charlotte hatte offenbar den gleichen Gedanken. »Aber warum verliert der Kanal denn sein Wasser?«

Konrads Lächeln verebbte. Ratlos kratzte er sich an der roten Nasenspitze. »Das, mein Kind, ist eine sehr gute Frage …«

Ein Elefant muss her!

»Vielleicht ist es wegen der Hitze«, schlug Greta nachdenklich vor, als sich die Freunde nach der Schule auf den Weg zum Zoo machten.

Obwohl Polly ziemlich müde war, hatte sie Paul und Greta in der Pause alles von ihrem morgendlichen Erkundungstrip bis ins kleinste Detail berichtet.

Paul schüttelte den Kopf. »Es ist zwar mächtig warm im Moment, aber das war es in den letzten Jahren doch auch! Und da ist das Kanalwasser nie verdampft.«

In der Tat hatte auch Konrad von Hechtsuppe erklärt, dass die Sonnenwärme kaum ausreichte, um so viel Wasser verdunsten zu lassen. Es musste also einen anderen Grund geben, warum der Wasserpegel sank. Aber welchen?

Polly seufzte. Nicht mehr lange, dann würde Winnies Hausboot auf Grund laufen. Und dann war da ja auch noch der arme Wal! Selbst wenn so ein Wal, wie Konrad betonte, ein Säugetier war und kein Fisch, konnte er an Land nicht lange überleben.

Als Polly am Morgen um kurz vor acht alleine zur Schule aufgebrochen war, war der Riesensäuger tatsächlich noch mal aufgetaucht. Erst hatte Polly nach Herrn von Hechtsuppe rufen wollen, aber dann war ihr der traurige Blick des Wals aufgefallen. Behutsam hatte sie sich ans dichte Kanalufer gehockt und dem Tier ganz tief in die Augen gesehen.

»Wir holen dich hier schon rechtzeitig raus, versprochen! Wir müssen nur noch herausfinden, warum das Wasser verschwindet.«

Der Wal hatte langsam genickt und dann sehr wehleidige Laute von sich gegeben.

»Meinst du wirklich, dass er dir etwas sagen wollte?«, fragte Paul nun, als sie die U-Bahn-Station an der Osterstraße erreichten.

Polly zögerte. »Ich hatte zumindest das Gefühl, dass er mir etwas mitteilen wollte. Vielleicht weiß er tatsächlich, warum der Wasserpegel sinkt.«

Greta kratzte sich am halben Ohr. »Warum trägst du den Wal denn nicht einfach aus dem Kanal raus und bringst ihn in Sicherheit?«

»Dafür müsste Polly aber ziemlich wütend werden«, kicherte Paul. »So ein Wal ist verdammt schwer!«

»Potzblitzschwer sogar«, stimmte Polly zu. »Und außerdem würde es doch total auffallen, wenn auf einmal ein kleines

Mädchen mit einem Wal auf den Schultern durch die Stadt läuft!«

Bei dieser Vorstellung musste Greta lachen. Auch Polly grinste vorsichtig. Es wäre sicher witzig zu sehen, wie die Leute staunten, wenn sie mit dem Riesen durch die Straßen marschierte. Mit Sicherheit würden sich dann aber auch ein Haufen Reporter und Fernsehteams um sie versammeln und dieser Gedanke gefiel Polly gar nicht. Sie seufzte. »Wir brauchen keine Aufmerksamkeit, wir brauchen eine Lösung!«

Unten am Gleis wartete bereits Isabella auf die Freunde. Polly hatte sie vom Schulbüro aus angerufen und ihr von der merkwürdigen Begegnung mit dem Wal erzählt. Isabella war es auch, die daraufhin die Idee hatte, Roberta aus dem Zoo zu holen.

»Es mag ja sein, dass Adlerauge nicht mit dem Wal reden kann, aber ein waschechter Elefant schafft das ganz bestimmt«, hatte sie erklärt, und Polly fand diese Idee gar nicht so schlecht. Einen Versuch war es jedenfalls wert …

»Ihr wollt euch einen Elefanten ausleihen?« Der Tierpfleger im Zoo staunte nicht schlecht, als ihm die vier Kinder von ihrem Anliegen erzählten.

»Nicht irgendeinen Elefanten«, korrigierte Polly ihn. »Wir hätten gerne Roberta! Mein Freund Adlerauge kann nämlich nur mit seiner großen Liebe sprechen. Er meint, sie wären seelenverwandt …« Sie verdrehte die Augen und grinste.

Mit gerunzelter Stirn blickte der Tierpfleger Polly an und brach dann in schallendes Gelächter aus. Er schlug sich vor Begeisterung auf die Oberschenkel und lachte derart laut und lange, dass er sich schließlich an seiner eigenen Spucke verschluckte und fürchterlich zu husten begann.

Greta, Paul, Isabella und Polly sahen sich verwundert an.

Isabella räusperte sich und klopfte dem armen Kerl mit der Hand auf den Rücken. »Können wir Ihnen irgendwie helfen?«

Vorsichtig richtete sich der Tierpfleger wieder auf und grinste die Kinder an. »Ihr habt mir schon geholfen, ehrlich! Ich hatte bisher einen echt miesen Vormittag. Wurde vom Chef verdonnert, den Tiermist aufzusammeln …« Gequält deutete er auf einen Eimer mit Eselkacke, der zu seinen Füßen stand. Dann zwinkerte er. »Aber mit eurer witzigen Geschichte habt ihr meinen Tag gerettet!« Lachtränen glitzerten in seinen Augen.

Paul hakte vorsichtig nach. »Heißt das nun, wir dürfen uns Roberta ausleihen?«

»Natürlich nicht!«, kicherte der Pfleger. »Wir sind ein Zoo und kein Pfandleihhaus. Aber ihr habt Glück: Roberta übernimmt heute das Elefantenreiten. Vielleicht entschädigt euch das ja ein bisschen.« Dann schnappte er sich glucksend seinen Eimer mit dem dampfenden Eselmist und dackelte davon.

Die Freunde sahen ihm ratlos nach. Polly fasste sich unglücklich an den Kiefer. Der blöde Wackelzahn drückte schon wieder ganz gewaltig.

Potzblitz! Plötzlich hatte Polly eine Idee. Vielleicht könnte Roberta ja … Natürlich!

»Also los«, grinste Polly und griff Isabellas Hand. »Auf zum Elefantenreiten!«

Isabella bremste sie irritiert aus. »Du willst jetzt ernsthaft reiten?«

Auch Paul und Greta konnten Pollys Sinneswandel nicht ganz nachvollziehen.

»Nein, will ich nicht.« Polly lächelte schelmisch. »Aber wenn wir Roberta schon nicht mitnehmen dürfen, soll der Zoobesuch wenigstens nicht ganz umsonst gewesen sein!«

Wie erwartet fand Polly Adlerauge hinter Robertas großem Schlackerohr. Auch er konnte nicht glauben, was Polly vorhatte.

»Du willst, dass Roberta deinen Zahn zieht?«

»Roberta ist groß und kräftig. Wir könnten es zumindest versuchen, oder?« Polly blinzelte ihren kleinen geflügelten Freund derart zuckersüß an, dass er schließlich nachgab. Seufzend flog Adlerauge los, um ein Stück Seil aus dem Geräteschuppen des Zoos zu besorgen.

Als er zurückkam, knotete er Roberta das eine Ende des Seils am Schwanz fest und flüsterte ihr ins Ohr, was sie zu tun hatte.

Greta, Paul und Isabella schlitzen das andere Ende ein und verknoteten es geschickt um Pollys Wackelzahn.

Paul blinzelte sie besorgt an. »Bist du sicher, dass du das machen willst?«

Polly grinste. »Was kann ich schon verlieren – außer

einen Wackelzahn, den ich sowieso nicht mehr haben will?« Entschlossen brachte sie sich hinter Roberta in Position. »Am besten wäre es, wenn ihr mich festhaltet. Nicht dass Roberta mich einfach hinter sich herschleift wie die Melone neulich!«

»Melone?« Isabella hatte keine Ahnung, wovon Polly sprach.

Greta seufzte. »Die Geschichte erzählen wir dir später. Jetzt sollten wir erst mal Polly festhalten.« Mit einem festen Griff schloss sie ihre Arme um Pollys Oberkörper. Paul tat es ihr gleich. Isabella zögerte noch einen kurzen Moment, zuckte dann aber mit den Schultern und umklammerte die anderen.

»Seid ihr bereit?« Polly wartete auf die Zustimmung ihrer Freunde. Dann nickte sie Adlerauge zu, der wieder

hinter Robertas Ohr Platz genommen hatte. Der kleine Fledermäuserich begann, kraftvoll zu zählen. »Eins. Zweeeeeeeei …«

Die riesige Elefantendame aber hatte offenbar nicht allzu viel Sinn für Zahlen, denn Adlerauge war noch nicht mal in die Nähe der »Drei« gekommen, als Roberta bereits nach vorne schoss wie eine Kanonenkugel.

Die Kinder klammerten sich zwar fest aneinander, waren auf den vorschnellen Start aber nicht vorbereitet. In hohem Bogen flogen sie hinter Roberta her und landeten aufeinander wie ein Haufen von Tante Winnies Pfannkuchen.

Erst als sich der Staub auf dem Kiesweg gelegt hatte, entknotete sich das Kinderknäuel wieder. Ächzend richtete sich erst Isabella

auf und half dann Paul auf die Beine. Greta rollte sich stöhnend zur Seite, sodass Polly auf die Knie kommen konnte. Zerknirscht ließ sie sich auf den Hintern fallen.

Unglücklich schielte Polly auf ihren Mund hinab, kam aber nur bis zur Nase. Das jedoch reichte, um zu erkennen, dass das Seil nicht mehr in ihrem Mund hing.

»So ein potzblitzblöder Obermist! Jetzt ist der verflixte Faden gerissen.« Verärgert verzog sie das Gesicht und klopfte sich den Dreck von den Knien. Greta hatte sich den Ellenbogen aufgeschlagen und Pauls Handgelenk war beim Aufprall umgeknickt.

Lediglich Isabella schien unversehrt zu sein. Mit einem Grinsen deutete sie auf Roberta. »Ich würde sagen, die Mission wurde erfolgreich erfüllt!«

Erfolgreich erfüllt? Verständnislos blickte Polly zur Elefantin. Roberta war an einer hübschen Blumenhecke zum Stillstand gekommen und ließ sich vom aufgeregten Adlerauge eine Riesenblüte hinters Ohr stecken.

Polly grummelte missmutig. »Ich finde nicht unbedingt, dass sie sich eine Belohnung verdient hat …«

»Bist du sicher?«, fragte Paul und lächelte. »Guck dir mal das Seil an.«

Das Seil? Gereizt suchte Polly nach dem langen Faden. Das eine Ende war immer noch fest um Robertas Schwanz gebunden, das andere Ende aber …

Potzblitz! Polly rieb sich die Augen. Das konnte doch nicht sein! Ungläubig fasste sie sich an den Oberkiefer. Und tatsächlich! Dort, wo eben noch der Milchzahn gewackelt hatte, klaffte nun endlich ein Loch …

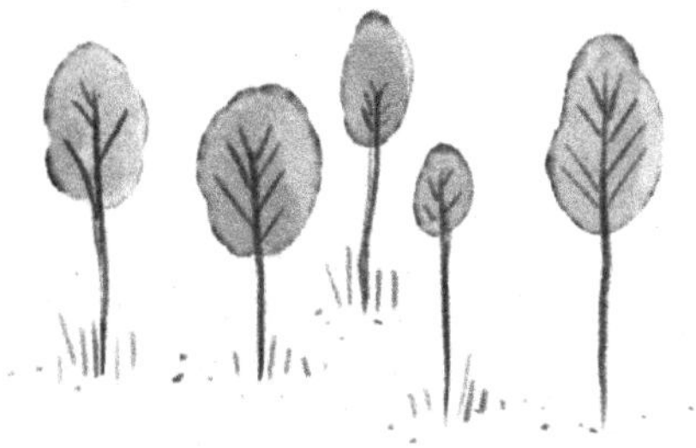

Ein potzblitz doofer Zahn

Den Rest des Tages schwebte Polly wie auf einer Wolke aus Zuckerwatte: Ihr Wackelzahn war rausgefallen! Endlich! Polly war überglücklich, dass ihr Kiefer nicht mehr drückte und schmerzte, am meisten aber freute sie sich auf den neuen Vampirzahn, der morgen früh in ihrem Mund aufblitzen würde.

»Warum bist du denn so sicher, dass der neue Zahn morgen schon da ist?«, hakte Isabella skeptisch nach.

Polly grinste und zeigte stolz ihre Zahnlücke. »Weil es immer so gewesen ist!«

Tatsächlich hatte sie nie lange auf ihre Vampirzähne warten müssen. Warum sollte es diesmal also anders sein? Nein, Polly war sich ganz sicher: Am nächsten Tag schon würde sie einen vierten Vampirzahn haben! Und sie wünschte sich nichts sehnlicher, als dass dieser neue Beißer eine potzblitzzauberhafte Kraft mit sich brachte – eine Kraft, die ihr bei all ihren Problemen weiterhalf.

Dass die Probleme immer größer und dringlicher wurden, hatten die Mädchen mit Schrecken festgestellt, als sie mit Pollys Milchzahn aus dem Zoo nach Hause gekommen waren: Familie Zappenduster war noch weiter verblasst! Charlotte fehlten nun auch noch die Ohren und die Unterschenkel, Konstanze war gar bis zur Hüfte verbleicht. Am schlimmsten aber stand es um Papa Friedebald: Beide Beine und Arme waren verschwunden!

Pollys Herz wurde kurz schwer, als sie Isabellas Familie betrachtete. Nicht mehr lange und Graf Friedebald verblasste komplett – dann würde sich der *Spiegel der Vergangenheit* für immer schließen und das Schicksal der Familie Zappenduster besiegeln …

Aber nein, Polly durfte den Kopf jetzt nicht hängen lassen! Schließlich lauerte die Rettung schon um die Ecke – oder vielmehr: in ihrem Kiefer!

Erst beim Abendessen fiel Polly und Isabella auf, dass Konrad von Hechtsuppe verschwunden war.

Polly kratzte sich nachdenklich an der Stirn. »Er ist doch nicht etwa im Kanal abgesoffen, oder?« Einen ertrinkenden Walretter konnte sie jetzt wirklich nicht auch noch gebrauchen.

Tante Winnie aber winkte glucksend ab. »Herr Konrad ist aufgebrochen, um Hilfe zu holen. Er hat einen Freund bei der Küstenwache, der hat mit seinem Helikopter schon ganze Walrudel in Seenot gerettet.« Seufzend sank ihr Löffel ins Kartoffelpüree. »Er ist schon ein wahrer Weltenbummler, dieser Herr von Hechtsuppe …«

Potzblitz! Auch wenn Winifred es niemals zugeben würde, erkannte Polly ganz genau, wie sehr ihre Großtante ihr altes Abenteuerleben vermisste.

Polly hingegen konnte sich über einen Mangel an Abenteuern nicht beklagen. Und weil sie wusste, dass das nächste schon vor der Tür stand, schlüpfte sie direkt nach dem Abendessen in ihr Nachthemd und legte sich schlafen. Zum einen war sie nämlich tatsächlich potzblitzmüde, zum anderen aber hatte sie nicht vor, noch bis zum Morgengrauen auf ihren rettenden Vampirzahn zu warten. Sie wollte keine Zeit verschwenden! Deshalb schnappte sie sich ihren scheppernden Lieblingswecker und verkroch sich damit unter der Bettdecke.

Als der schrille Alarm sie um kurz nach Mitternacht aus einem Traum riss, zuckte Polly erschrocken zusammen. Es dauerte einen Moment, bis sie wieder wusste, wo sie war – und vor allem, warum sie mitten in der Nacht aus den Federn geklingelt wurde.

Dann aber spulte sich der ganze große Schlamassel in bunten Bildern vor ihrem inneren Auge ab: der Wal! Familie Zappenduster! Und der *Wackelzahn!* Aufgeregt griff Polly sich in den Mund. Und tatsächlich! Da war er: ihr vierter Vampirzahn!

Grinsend schlug Polly die Decke zur Seite und schlich auf Zehenspitzen aus dem Zimmer. Sie wollte Isabella und Charlotte auf keinen Fall aufwecken. Alles, was sie wollte, war, den neuen Zauberzahn auszuprobieren. Und zwar jetzt sofort!

Auf leisen Sohlen hüpfte sie die Turmtreppe hinunter und huschte zur Tür hinaus. Aufgeregt trippelte sie den schmalen Steg entlang, der sich wie eine Umarmung um Winnies Hausboot schlang. Als sie auf der Rückseite des Bootes angekommen war, sank sie auf ihre Knie und beugte sich tief über das Kanalwasser.

»Hey! Psssst!« Hoffnungsvoll steckte sie die Nasenspitze unter Wasser und blubberte: »Herr Wal! Können Sie mich verstehen? Ich hätte ein paar Fragen.« Angespannt wartete Polly auf eine Reaktion. Wenn ihre neue Zauberkraft darin bestand, mit Walen reden zu können, dann müsste der sanfte Riese doch auftauchen, oder?

Aber nein, nichts rührte sich. Die Welt lag still wie in einem Dornröschenschlaf, nur vom Ufer her drang das Zirpen einiger nachthungriger Grillen.

Enttäuscht ließ Polly die Schultern sinken. Offenbar hatte der Wal sie nicht gehört. Oder verstand er sie etwa immer noch nicht? Dabei hatte sie doch jetzt ihren vierten Zahn und … Potzblitz, der *Auslöser!* Natürlich! Wie hatte Polly das nur vergessen können? Jeder Zahnzauber musste erst aktiviert werden. Stark wurde sie nur, wenn sie wütend war, und der Alarm erklang immer dann, wenn sie sich an der Nase kratzte!

»Ich muss herausfinden, was den vierten Zauber auslöst«, flüsterte sie und rieb sich entschlossen die Hände.

Gesagt, getan! In der nächsten halben Stunde veranstaltete Polly eine bühnenreife Show an Merkwürdigkeiten. Sie zog sich die Ohren lang, schnitt wilde Grimassen, lief auf den Händen übers Holz, drehte sich im Kreis, bis ihr schwindelig wurde, und zum Schluss pupste sie sogar ganz leise ein Gute-Nacht-Lied.

Aber nichts davon funktionierte, nichts setzte den Zauber des vierten Zahnes frei. Es war wie verhext!

Erschöpft ließ Polly sich auf den Steg fallen. So ein Mist! Jetzt war ihr vierter Zahn endlich da und sie war noch immer keinen Schritt weiter. Aber sie durfte nicht aufgeben, es stand zu viel auf dem Spiel. Sie musste herausfinden, was ihre vierte Vampirzauberkraft war – und vor allem wie sie sie auslöste. Ihr Blick fiel auf das dunkle Kanalwasser. Vielleicht könnte sie ja …

Zielstrebig steckte Polly ihren Kopf unter Wasser und trank einen großen Schluck. Als sie wieder auftauchte, blähte sie den Bauch auf und stieß einen gewaltigen Rülpser aus. Aber noch bevor sie nachspüren konnte, ob ihr Zahn seinen Zauber offenbarte, hörte sie plötzlich ein Geräusch hinter sich. Potzblitz! Waren das etwa die Finsterfürsten?

Der weltallerbeste Überraschungsbesuch

Polly ließ sich erleichtert auf den Popo sinken, als Winifred aus dem Schatten des Hausbootes trat. Trotzdem konnte sie nicht verstehen, warum ihre Großtante derart kicherte. »Was ist denn hier so lustig?«

Winnie gluckste. »Na ja. Wenn ich dir deinen Blutorangensaft serviere, schüttelst du dich. Aber die Kanalbrühe hier trinkst du freiwillig.« Amüsiert setzte sie sich zu Polly auf den Steg. »Wusstest du, dass der Junge aus dem Haus gegenüber gelegentlich ins Wasser pinkelt?«

Polly verzog angewidert das Gesicht und rieb sich wie wild mit den Fingern über die Zunge. Bäh! »Ich wollte …« Sie zögerte. »Ich wollte nur sehen, wie …«

»Du wolltest wissen, wie dein neuer Zahn funktioniert, richtig?« Polly nickte ertappt. Sie wusste, dass sie hier draußen auf dem Steg einen lächerlichen Eindruck erweckt haben musste.

Winifred griff vorsichtig nach Pollys Kiefer und betrachtete den Neuzuwachs. »Besonders groß ist er nicht«, stellte sie ernüchtert fest.

Polly schloss trotzig den Mund. »Es muss ja nicht jeder Zahn mit dem höchsten Berg der Welt konkurrieren.«

Winnie zuckte mit den Schultern. »Aber wenn du mich fragst, ist er auch nicht wahnsinnig spitz.«

»Ich habe dich aber nicht gefragt!« Eingeschnappt verschränkte Polly die Arme vor der Brust. »Ich weiß schon, was mein neuer Zahn alles *nicht* ist«, grummelte sie schließlich. »Aber ich will endlich wissen, was er kann!«

Winnie seufzte. Sie konnte gut verstehen, wie Polly sich fühlte, und plötzlich tat ihr das kleine Vampirmädchen furchtbar leid. Nachdenklich ließ sie ihre bunt lackierten Füße ins kalte Wasser baumeln.

»War nur ein Scherz …«, bemerkte sie kleinlaut.

Polly blickte sie hoffnungsvoll an. »Was war ein Scherz?«

Winnie lächelte. »Der Junge von gegenüber hat noch nie in den Kanal gepinkelt. Sonst hätte ich ihm auch bis zum Ende seiner Schulzeit einen gewaltigen Schimpfwörter-Schluckauf verpasst!«

Polly ließ den Kopf hängen. »Mir wäre es lieber, wenn das mit dem Zahn ein Scherz gewesen wäre. Wenn er nämlich mächtig groß und spitz wäre, könnte ich ganz sicher mit dem Wal reden und herausfinden, wohin das Kanalwasser verschwindet.« Sie seufzte. »Wenn der Tierpfleger uns wenigstens Roberta zum Übersetzen ausgeliehen hätte …«

Winnie zögerte. »Das Kanalwasser ist unser kleinstes Problem. Viel wichtiger ist doch, dass wir ganz bald den *Spiegel der Vergangenheit* finden.«

In Pollys Augen sammelten sich Tränen. Hilflos blickte sie ihre Großtante an. »Wie kannst du sagen, dass das Wasser kein Problem ist? Wenn dein Hausboot weiter sinkt, wird es auf Grund laufen. Das Holz ist alt, Winnie, der Rumpf wird vielleicht brechen.« Polly schniefte. »Und dann verlierst du dein Zuhause …«

Winifred presste die Lippen aufeinander und wischte Polly eine Träne aus dem Gesicht. »Ja, das stimmt. Vielleicht verliere ich mein Zuhause.« Sie schluckte. »Aber manchmal muss man die Dinge, die man am meisten liebt, eben loslassen, um etwas Neues zu finden.«

»Loslassen?« Polly konnte nicht glauben, was Winnie da sagte. Niemals würde sie einfach so loslassen, oh nein! Zumindest nicht, solange es noch nicht zu spät war. »Ich gebe nicht auf! Niemals! Ich finde schon noch heraus, welche Zauberkraft mein Zahn hat. Und dann rette ich uns alle.«

Behutsam legte Winifred ihren Arm um Pollys Schultern. »Natürlich gibst du nicht auf! Keiner von uns tut das. Aber du weißt doch: Manchmal zeigt sich die Kraft eines Zahnes erst, wenn der richtige Zeitpunkt gekommen ist.«

Polly nickte betroffen. Tante Winnie hatte recht. Polly konnte nicht erzwingen, dass ihr Zahn seine Zauberkraft offenbarte. Und dann war da ja auch noch eine andere Möglichkeit. Eine Möglichkeit, die Polly so schwer im Magen lag wie ein Sack voller Hagelkörner.

»Meinst du …« Polly hielt inne. »Meinst du, mein neuer Zahn hat vielleicht gar keine Zauberkraft?«

Winnie hob mitfühlend die Augenbrauen. »Früher hast du dir doch immer gewünscht, dass deine Zähne keinen Zauber auslösen.«

»Aber diesmal ist es anders. Dieser Zahn muss eine Kraft haben, denn sonst ist alles verloren!« Plötzlich konnte Polly sich nicht länger zusammenreißen. Der ganze Druck der letzten Tage schoss in heißen Tränen aus ihren Augenwinkeln. Polly heulte und schluchzte, und Tante Winnie blieb nichts anderes übrig, als sie einfach ganz fest im Arm zu halten.

»Du bist doch so viel mehr als deine Zähne, Polly«, sagte Winifred schließlich und zog ein Taschentuch aus ihrem Morgenmantel. »Du bist klug und mutig – und am wichtigsten ist: Du hast das Herz am richtigen Fleck!«

Polly schniefte. »Mit meinem Herzen kann ich aber weder dein Hausboot noch Familie Zappenduster oder den Wal retten!«

Ein leises Lächeln breitete sich auf Winnies Lippen aus. »Das denkst du vielleicht.« Liebevoll strich sie Polly eine Strähne aus der Stirn. »Aber ich verrate dir jetzt ein Geheimnis, das mich das Leben gelehrt hat.«

Neugierig blickte Polly ihre Großtante an.

Winifred griff nach Pollys Hand und flüsterte: »Die stärkste Zauberkraft, die du hast, liegt nicht in deinen Zähnen …« Dann gab sie ihr einen Kuss, stand auf und huschte ins Hausboot.

Polly blickte ihr ratlos nach. Das sollte das Geheimnis sein? Die stärkste Zauberkraft lag nicht in ihren Zähnen? Verärgert verzog Polly das Gesicht. »Wo steckt sie denn dann? In meinem großen Zeh, oder was?«

Winnie aber war bereits verschwunden. Trotzig ließ Polly ihre Füße durchs Wasser spritzen. Was für ein potzblitzblöder Blödsinn! Natürlich lagen ihre Zauberkräfte in ihren Zähnen. Und Polly würde um jeden Preis herausfinden, welche Kraft ihr vierter Zahn hatte …

Am nächsten Tag blieb Pollys Laune miserabel. Wortkarg grummelte sie sich durch den Vormittag in der Schule. Die meisten Kinder und Lehrer machten einen weiten Bogen um sie, nur Paul und Greta versuchten sie aufzuheitern.

»Wenn ihr mir wirklich helfen wollt, dann findet heraus, welche Kraft mein neuer Zahn hat«, maulte Polly sie in der ersten großen Pause an.

Paul und Greta wechselten einen kurzen Blick und machten sich dann mit großer Freude ans Werk: Sie stellten Polly auf den Kopf, ließen sie mit verbunden Augen Seilspringen und stießen sie die Rutsche herunter. Erst als Greta Pollys Haare mit ihrer Bastelschere bearbeiten wollte, reichte es Polly.

»Ich weiß, ihr meint es gut. Aber das ergibt doch alles keinen Sinn.« Geknickt ließ sie die letzten Unterrichtsstunden an sich vorbeiziehen und schlurfte dann traurig nach Hause.

Als sie den Uferweg am Kanal erreichte, hörte sie sofort, dass etwas anders war als sonst. Da unten war ein Geräusch, das sie zwar kannte, aber das hier ganz sicher nicht hingehörte. War das etwa … Potzblitz, ja!

Aufgeregt beschleunigte Polly ihre Schritte und schlitterte den Abhang hinab. Und dann sah sie sie: Gulasch und Suppe! Ihre beiden Lieblingsponys standen vor dem Hausboot am Ufer und knabberten genüsslich an einem Busch.

Polly stieß ein vergnügtes Quieken aus und sprang auf die Tiere zu. Glücklich schlang sie ihre Arme um Gulaschs Hals und vergrub ihr Gesicht in Suppes Mähne. Der Geruch ihrer beiden geliebten Ponys ließ sie für einen Moment alles andere vergessen. Im nächsten Augenblick aber kam ihr ein Gedanke: Wenn Gulasch und Suppe hier waren, dann …

Polly hielt die Luft an und sprang an Bord des Hausbootes. Neugierig riss sie die Tür auf – und tatsächlich! Da waren sie: Mama, Papa und Lotti! Der weltallerwunderbarste Überraschungsbesuch, den Polly sich vorstellen konnte …

Roberta macht sich klein

Lotti sprang von Mamas Arm, als sie Polly in der Tür sah, und stürmte auf sie zu. »Polly, Polly«, gluckste sie fröhlich und klammerte sich wie ein Äffchen um Pollys Hüften. Als sie ein weiteres Paar Arme an ihrem Körper spürte, merkte Polly, dass ihre Familie nicht allein angereist war, nein: Leni war auch dabei!

»Meine Eltern haben erlaubt, dass ich übers Wochenende bleibe«, jauchzte sie und drückte sich an ihre beste Freundin. Polly konnte ihr Glück kaum fassen!

»Kneift mich mal! Nicht dass ich nur träume!«

Cornelius und Antonia Schlottermotz aber dachten nicht daran, ihre Tochter zu kneifen. Viel lieber schlangen auch sie ihre Arme um Polly und drückten sie derart fest, dass schließlich alle den Halt verloren und gemeinsam auf den Küchenboden purzelten.

Erst jetzt, wo all ihre Liebsten bei ihr waren, merkte Polly, wie sehr sie ihre Familie vermisst hatte. Potzblitz! Aufgeregt drückte sie jedem von ihnen einen saftigen Kuss ins Gesicht.

Familie Zappenduster saß schmunzelnd am Tisch und beobachtete das Geschehen.

Papa rettete sich als Erster aus dem Menschenknäuel. Zaghaft rückte er seine Brille zurecht. »Wie ich sehe, ist unsere Überraschung geglückt.«

Polly blinzelte ihre Eltern sprachlos an. »Allerdings. Aber wie habt ihr … Und warum …« Sie wusste gar nicht, was sie zuerst fragen sollte.

Winifred, die am Herd stand und einen gigantischen Berg Pfannkuchen zauberte, mischte sich heiter ein. »Ich habe deine Mutter angerufen und ihr erzählt, dass wir ein bisschen Unterstützung gebrauchen könnten.« Kichernd deutete sie auf Pollys Papa. »Hätte ich gewusst, dass sie auch diese wandelnde Spaßbremse mitbringt, hätte ich es mir zweimal überlegt.«

Cornelius Schlottermotz hielt die Luft an. Ungläubig blinzelte er zu Winnie. »Spaßbremse? Damit kannst du unmöglich mich meinen!« Entschlossen streckte er die Brust raus. »Ich bin nämlich die größte Spaßkanone jenseits des Jahrmarktes, jawohl: Mein zweiter Name lautet Spaß!«

So wie Papa sich hier mitten in der Küche aufführte, mussten tatsächlich alle lachen.

Dann aber hörte Polly plötzlich ein Geräusch. Erschrocken drückte sie sich den Finger auf die Lippen und wies die anderen an, still zu sein. Sie lauschte. Ja, eindeutig! Da war noch jemand auf dem Hausboot! Aber wo? Und vor allem: *wer?*

Während Polly den Kiefer anspannte und sich auf das Schlimmste gefasst machte, merkte sie, dass Leni und die anderen ein Kichern unterdrückten. Was fanden denn die so lustig an dieser Sache? Immerhin waren da ganz eindeutig Schritte zu hören, und sie kamen immer näher!

Bevor Polly etwas unternehmen konnte, platzte auch schon die nächste Überraschung in die Küche. Tatsächlich, sie hatte sich nicht geirrt: Es war noch jemand auf dem Hausboot: Und Polly staunte nicht schlecht, als sie sah, wer es war. »Justus?!«

Der Nachbarsjunge vom Ostseehof schob sich lässig eine goldbraune Locke aus der Stirn und grinste. »So lebt man also auf hoher See.«

Ungläubig blinzelte Polly ihn an. »Was machst du hier?«

»Du hast noch einen Gefallen bei mir gut.« Justus lächelte und zog eine Tüte mit Bonbons aus seiner Hosentasche. »Schließlich hast du mir damals erklärt, wie ich die Sache mit dem Schrumpfen hinkriege!«

Polly hatte Justus an der Ostsee tatsächlich geholfen, mit seiner ersten Vampirzauberkraft umzugehen, aber dennoch verstand sie nicht, worauf er hinauswollte. Wollte er jetzt etwa Polly schrumpfen? Oder das Hausboot? Unsicher biss sie sich auf die Lippe. »Und an was für einen Gefallen hast du gedacht?«

Mama rappelte sich vom Boden auf und ergriff ungeduldig das Wort. »Tante Winnie hat erzählt, dass du Robertas Hilfe gebrauchen könntest, um mit diesem Wal zu sprechen.«

Ungläubig blickte Polly von Winifred zu Justus. Dann endlich ging ihr ein Licht auf. »Du meinst … du willst …«

Leni klatschte in die Hände. »Justus will Roberta schrumpfen! Dann könnt ihr sie ganz einfach aus dem Zoo schmuggeln.«

Potzblitz! Polly war sprachlos. Diese Idee war genial! Wenn schon ihr vierter Vampirzahn keine große Hilfe war, dann half nun wenigstens ein Vampirfreund. Dankbar warf Polly sich an Justus' Hals.

Im Hintergrund räusperte sich Papa und hob warnend den Zeigefinger. »Ich möchte nur mal fürs Protokoll anmerken: Ich persönlich bin dagegen, den Elefanten ein zweites Mal aus dem Zoo zu entführen. Aber auf diese Weise ist es mir deutlich lieber, nicht dass Polly wieder einen Zaun niederreißt.«

Polly löste sich grinsend von Justus und drückte ihren

selbstlosen Vater an sich. »Nur fürs Protokoll, Papa: Ihr seid wirklich die weltallerbeste Familie, die man sich wünschen kann!«

Gemeinsam beschlossen die Familien Schlottermotz und Zappenduster, dass Justus Roberta erst kurz vor Schließung des Zoos am Abend schrumpfen sollte, um nicht zu viel Aufmerksamkeit zu erregen. Immerhin hatte die Elefantendame den Zoo schon mal verlassen und damit für mächtig Unruhe in der Stadt gesorgt. Polly war sich nicht sicher, wie der Zoodirektor reagieren würde, wenn Roberta ein zweites Mal ausbüxte. Deshalb nahm sie sich vor, Roberta auf jeden Fall zurückzubringen, bevor man ihre Abwesenheit im Tierpark bemerkte.

Die Verkäuferin an der Zoo-Kasse wunderte sich allerdings sehr, dass zwei Kinder fünf Minuten vor Schluss noch Eintrittskarten kaufen wollten.

»Wollt ihr nicht lieber morgen wiederkommen? Das lohnt sich sicher mehr.«

Polly und Justus aber bestanden darauf.

»Mein Freund hier kommt vom Nordpol und hat noch nie einen Pandabären gesehen«, behauptete Polly frech. »Das müssen wir ganz dringend nachholen.«

Die Verkäuferin runzelte die Stirn. »In unserem Zoo gibt es aber gar keinen Panda.«

Mist! Polly verzog das Gesicht. »Ich … äh … ich meinte …«

»Sie meinte ein Känguru«, sprang Justus schnell ein. »Sie haben doch ein Känguru im Zoo, oder?«

Die Frau an der Kasse nickte nachdenklich und blickte Justus misstrauisch an. »Dafür dass du vom Nordpol kommst, sprichst du aber ziemlich gut Deutsch.«

Justus schluckte.

Diesmal übernahm Polly selbstbewusst das Ruder. »Das liegt daran, dass die Pinguine da oben nur Deutsch verstehen! Da hat man gar keine andere Wahl!«

Als die beiden Freunde zwei Minuten später mit ihren Eintrittskarten durch den Zoo eilten, stieß Justus Polly kichernd an. »Du weißt aber schon, dass es am Nordpol keine Pinguine gibt, oder?«

Polly rollte grinsend mit den Augen. »Du weißt aber schon, dass es für Klugscheißereien keinen Pokal gibt, oder?«

Justus schüttelte lachend den Kopf. »Ruf lieber deinen kleinen fliegenden Putzlappen, wir haben nicht mehr viel Zeit.«

Armer Adlerauge! Dank Winifred hatte er diesen unliebsamen Spitznamen wohl für alle Zeiten inne …

Zum Glück hörte er Polly erst, als sie am Elefantenhaus angekommen waren. Überrascht krabbelte er hinter Robertas Ohr hervor und flog auf seine Vampirfreundin zu.

»Ich habe gar nicht mit Besuch gerechnet«, japste der Fledermäuserich und baumelte an Pollys Ellenbogen.

Polly fand, dass er ganz schön mitgenommen aussah. »Ist alles in Ordnung bei dir?« Neugierig nahm sie ihren kleinen Freund auf die Hand und rückte ihm die Brille zurecht.

Adlerauge seufzte. »Ja, mir geht's gut. Es ist nur ... Die Elefantenherde akzeptiert mich nicht als vollwertiges Mitglied der Familie.« Geknickt ließ er die Flügel hängen. »Das ist schon eine schwere Belastung für unsere Liebe ...«

Polly sah den kleinen Flatterwicht mitleidig an, aber Justus deutete auf die Uhr. Sie hatten jetzt wirklich nicht viel Zeit!

So schnell wie möglich weihte Polly Adlerauge in ihren Plan ein, immerhin hoffte sie auf seine Hilfe.

Ungläubig riss der Fledermäuserich die Augen auf. »Ihr wollt Roberta schrumpfen und aus dem Zoo schmuggeln?« Polly befürchtete erst, er wäre von dieser Idee kein bisschen begeistert, aber im nächsten Moment schon schlug er die Flügel zusammen und jauchzte auf. »Was Schöneres kann ich mir gar nicht vorstellen. So haben wir endlich mal wieder ein bisschen Zeit zu zweit!«

Dann ging alles ganz schnell. Im Nullkommanix lotste

Adlerauge seine große Liebe an den Graben heran und sagte ihr, sie solle den Rüssel nach Justus ausstrecken. Justus umfasste Robertas Rüsselspitze und schob sich mit der anderen Hand ein Bonbon in den Mund.

Polly nickte ihm zu. »Mach schon! Zerbeiß dein Bonbon und schluck es runter!«

Justus hatte zwar schon drei neue Vampirzähne, aber nur einer hatte eine Zauberkraft mit sich gebracht. Diese aber funktionierte sehr zuverlässig.

Kaum hatte Polly das Knirschen aus Justus' Mund gehört, ertönte schon ein leises Zischen – und im nächsten Moment war Roberta verschwunden.

Na ja, ganz verschwunden war sie natürlich nicht: Sie war nur winzig klein. Während sie sich irritiert auf Justus' Hand umsah, schlackerte sie mit den geschrumpften Elefantenohren.

Adlerauge vergaß vor lauter Aufregung, mit den Flügeln zu schlagen, und plumpste quiekend in den staubigen Kies. Behutsam hob Polly ihn vom Boden auf und steckte ihn gemeinsam mit Roberta in ihre Jackentasche.

Dankbar grinste sie Justus an. »Dann kann das Abenteuer ja jetzt beginnen …«

Polly geht ein Licht auf

Auf dem ganzen Weg nach Hause kribbelte und kitzelte es in Pollys Fingern und ihr Herz machte Purzelbäume vor Aufregung! Sie trug tatsächlich einen winzigen Elefanten in der Tasche, und zwar nicht irgendeinen: Roberta konnte vielleicht mit dem Wal reden und endlich herausfinden, warum das Wasser im Kanal sank!

Als Polly und Justus das Hausboot erreichten, erlosch Pollys gute Laune allerdings so schnell wie eine Geburtstagskerze.

Während vor ein paar Stunden noch alle fröhlich durch die Küche gewirbelt waren, hatten sich Pollys Eltern, Winnie und die Kinder nun um die Zappendusters versammelt, die schwach und erschöpft auf den Sofas in Winnies Salon lagen.

Polly musste schlucken, als sie sah, wie stark Charlotte, Friedebald und Konstanze in der Zwischenzeit verblasst waren. Von Graf Zappenduster war kaum mehr als der Kopf und ein Stück des Oberkörpers zu sehen. Nicht mehr lange, dann würde er für immer verschwinden.

Nein, so weit durfte es nicht kommen. Polly würde das nicht zulassen!

»Wir haben Roberta!« Stolz holte sie die kleine Elefantin aus der Tasche.

Isabella wischte sich heimlich eine Träne aus dem Augenwinkel und kam auf Polly zu. »Ich weiß, dass du es gut meinst. Aber eine Elefantin hilft uns doch jetzt auch nicht weiter.«

»Sie könnte mit dem Wal reden! Und dann …«

»Wir erfahren vielleicht, warum der Kanal austrocknet, ja«, unterbrach Isabella sie und kämpfte mit einem Schluchzen. »Aber dann wissen wir noch lange nicht, wie wir meine Eltern und Charlotte retten können. Und wo dieser blöde Spiegel ist …«

Enttäuscht schlurfte sie an Polly vorbei und verschwand die Treppe hinauf. Polly ließ die Schultern hängen. Sie konnte Isabella verstehen. Die ganze Sache sah kein bisschen gut aus …

Justus tippte Polly unsicher an. »Heißt das, unser Zoobesuch war völlig umsonst?«

Polly biss sich auf die Lippe. Doch bevor sie etwas sagen konnte, ergriff Leni das Wort. »Unsinn, Polly gibt niemals auf. Sie ist schließlich Polly Potzblitz Schlottermotz, nicht wahr?«

Polly schöpfte neuen Mut. Leni hatte recht: Aufgeben kam nicht infrage!

Die Abenddämmerung legte sich bereits wie eine weiche Decke über den Kanal, als Polly, Justus und Adlerauge hinter einem dichten Busch die geschrumpfte Roberta auf dem Boden absetzten. Die Elefantin war sichtlich irritiert. Noch nie waren die Bäume und Büsche um sie herum derart groß gewesen.

Adlerauge seufzte verträumt. »Meinetwegen könnte sie immer so klein bleiben. Dann bin ich nämlich endlich mal der Größere von uns beiden.«

Polly schmunzelte. »Aber auf die Größe kommt es doch gar nicht an. Roberta liebt dich so, wie du bist!« Sie seufzte. »Und um mit dem Wal zu sprechen, brauchen wir sie groß.«

Adlerauge nickte tapfer. Auffordernd warf Polly Justus einen Blick zu. »Du kannst das Schrumpfen jetzt rückgängig machen.«

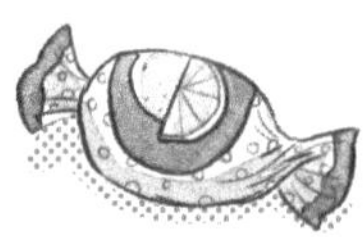

Justus griff in seine Hosentasche und zog hastig ein Bonbon heraus. Doch statt es zu zerbeißen und runterzuschlucken, spuckte er es diesmal aus und legte seine Hand dabei an Robertas Rüssel. Mit einem lauten Zischen wuchs die Elefantin in Windeseile auf ihre eigentliche Größe.

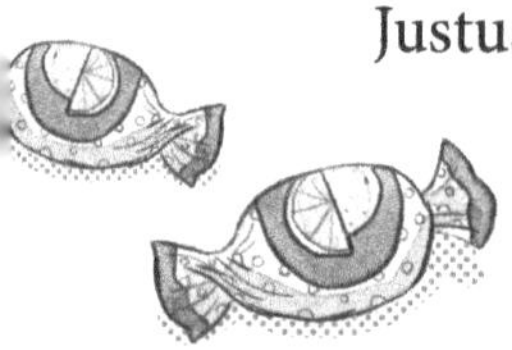

Justus taumelte zurück, damit sie ihm nicht auf die Füße trat. So ein Elefantenfuß war mächtig schwer!

Polly nickte in Richtung Kanal. »Wir dürfen keine Zeit verlieren!«

Das Wasser war mittlerweile so weit gesunken, dass sie ohne Mühe den großen Schatten des Wales unter der Oberfläche erkannten. Vorsichtig führten sie Roberta an den nassen Riesen heran. Und tatsächlich! Kaum hatte die Elefantin ihre Rüsselspitze ins Wasser gesteckt, tauchte der Wal neugierig auf.

In seinen glasigen Augen funkelte es ungläubig. Es schien so, als wäre er nicht nur überrascht, sondern auch hocherfreut über den Besuch.

Auch Adlerauge entging der Blickwechsel zwischen den beiden Dickhäutern nicht. Trotzig plusterte er seine Flügel auf. »Mach ihr ja keine schönen Augen, Mister! Die Dame hier gehört nämlich zu mir.«

Polly kicherte. »Bist du etwa eifersüchtig?«

Adlerauge rümpfte empört die Nasenspitze. »Eifersüchtig? Ich? Pah! So ein Riesenklops kann doch mit mir nicht mithalten! Nein, ich sehe hier weit und breit keinen Grund, eifersüchtig zu sein.«

Obwohl Justus Adlerauge nicht verstehen konnte, musste auch er mit Polly lachen.

Behutsam setzte Polly den Fledermäuserich hinter das Ohr der Elefantin. »Wunderbar! Wenn du nicht eifersüchtig bist, kannst du Roberta ja jetzt sagen, dass sie den Wal fragen soll, ob er weiß, wohin das Wasser verschwindet.«

Adlerauge verschränkte eingeschnappt die Flügel vor der Brust. »Fehlt da nicht eine klitzekleine Kleinigkeit?«

Polly rollte mit den Augen. »*Bitte!*«

Der kleine Flatterwicht rang mit seinem Stolz. Schließlich beugte er sich vor und flüsterte seiner großen Liebe etwas zu. Roberta schien einen Moment zu zögern, dann aber stieß sie seltsam kehlige Trompetenlaute aus.

»Das klingt so, als hätten Gulasch und Suppe Heuschnupfen«, stellte Polly verwundert fest.

Der Wal aber schien tatsächlich mehr zu verstehen, denn kurz darauf antwortete er mit einem erstaunlich melodischen Gesang.

Ein paar Minuten ging das so hin und her.

Polly wurde ungeduldig. »Was sagt er denn nun?«, fuhr sie Adlerauge neugierig an.

Der kleine Flatterwicht zuckte beleidigt mit den Schultern. »Keine Ahnung. Du siehst doch, dass sie sich noch unterhalten. Und zwar *sehr* angeregt …«

Polly verdrehte die Augen. »Kannst du ihr nicht sagen, sie sollen sich schneller unterhalten?«

Adlerauge stöhnte theatralisch auf und krabbelte dann in Robertas Ohrmuschel. Angespannt warteten die Kinder, bis er wieder rauskam. Als er sich auf Pollys Schulter setzte, schüttelte er sich empört.

Polly stupste ihn verunsichert an. »Und? Weiß der Wal, warum das Wasser verschwindet?«

»Er behauptet es zumindest.« Adlerauge rückte sich die Brille zurecht. »Aber wenn du mich fragst, ist dieser Kerl nichts anderes als eine riesengroße Knalltüte, jawohl! Er meint doch tatsächlich, da wäre ein Loch im Kanal!« Der kleine Flatterich begann zu lachen. »Ein Loch im Boden, hat man so was schon gehört?«

Polly aber fand das alles überhaupt nicht witzig. »Ein Loch? Und er ist sich ganz sicher, dass das Wasser dadurch abfließt?«

Adlerauge verstummte. Dass Polly die Worte des Wales ernst nahm, verunsicherte ihn. »Der Angeber meint, es wäre gleich da hinten. Ganz dicht neben dem Hausboot. War wohl noch nicht da, als er hier ankam. Aber dann ist es ganz plötzlich aufgetaucht und seitdem fließt das Wasser ab …«

Polly dachte nach. Konnte es sein, dass … War dieses Loch etwa … Potzblitz, ja! Plötzlich fiel es Polly wie Schuppen von den Augen und das Puzzle setzte sich zusammen.

Ungläubig blinzelte sie Adlerauge an. »Dieses Loch ist gar kein Loch.« Sie schluckte. »Ich glaube, es ist … der *Spiegel der Vergangenheit.*«

Ein Spiegel der besonderen Art

Pollys Familie und die stark verblassten Zappendusters hielten Pollys Neuigkeit erst mal für einen Scherz.

»Ein Loch am Boden des Kanals?« Graf Zappenduster schüttelte ungläubig sein Haar. »Und da sollen wir durchspringen?«

Polly nickte aufgeregt. »Denkt doch mal nach: Es passt alles zusammen! Hubertus Glockenschuss hat gesagt, der Spiegel taucht immer da auf, wo er gebraucht wird, und der Wal hat mir die Stelle gezeigt. Sie ist ganz dicht am Hausboot. Es sieht aus, als hätte der Spiegel die Holzwand nur um ein paar Zentimeter verpasst.« Sie schnappte nach Luft. »Außerdem ist das Wasser zu dem Zeitpunkt gesunken, als ihr langsam verblasst seid.«

Potzblitz! Pollys Erklärung klang plausibel, auch wenn es keiner so richtig glauben konnte. Sollte die Lösung wirklich die ganze Zeit so nah gewesen sein?

Tante Winnie fand ihre Sprache als Erste wieder. »War ja klar, dass es kein ganz normaler Spiegel ist. Wir Vampire brauchen immer eine Extrawurst …«

Konstanze und Friedebald blickten einander ernst an. Dann sprang Konstanze auf. »Kinder, wir packen unsere Sachen! Nehmt nur das Allernötigste mit.«

Charlotte und ihre Eltern eilten nach oben. Weil keiner von ihnen mehr seine Beine sehen konnte, stolperten sie wild über die eigenen Füße. Isabella blickte ihnen kurz nach und wandte sich dann zu Polly.

Plötzlich schnürte sich Pollys Hals zusammen. Jetzt war der Moment also gekommen: Heute würden sie Abschied nehmen müssen.

Auch Isabella schluckte. Sie erkannte das Entsetzen auf Pollys Gesicht, aber sie wusste auch, dass für ihre Familie bald jede Rettung zu spät käme. Sie mussten heute noch springen, es gab keine andere Möglichkeit.

Traurig ließ Isabella den Kopf hängen und huschte nach oben …

Antonia Schlottermotz blickte den Rest der Familie ratlos an. »Und wir? Sollen wir jetzt einfach hier rumhocken und Däumchen drehen?« Pollys Mama war eine Frau der Tat und konnte es nur schwer ertragen, nichts zu tun.

Winifred klatschte in die Hände. »Natürlich drehen wir nicht Däumchen! Du hilfst den Zappendusters beim Packen, Antonia. Die Kinder und ich backen in der Zwischenzeit einen Berg Pfannkuchen als Stärkung. So was Köstliches kriegt man nämlich in der ganzen weiten Vergangenheit nicht!«

»Und was mache ich?« Papa blinzelte Winnie irritiert an.

Winifred grinste frech zurück. »Ist doch klar, Cornelius! Du bleibst einfach da stehen und versuchst, keinen Mist zu bauen.«

Papa schnappte entrüstet nach Luft, doch bevor er protestieren konnte, war Tante Winnie bereits mit Lotti, Leni und Justus in die Küche gewirbelt.

Cornelius Schlottermotz schüttelte fassungslos den Kopf. Dann erst bemerkte er, dass Polly immer noch im Zimmer war. Mit hängenden Schultern setzte sie sich auf die Sofalehne und seufzte.

»Willst du nicht auch Pfannkuchen backen?«, tastete sich Papa vorsichtig vor.

Polly schüttelte den Kopf. »Keine Lust.« Sie war traurig, ja, das konnte man wohl nicht übersehen, aber plötzlich mischte sich unter die Trauer noch ein anderes

Gefühl: Wut! Potzblitz! Warum musste denn alles so kommen? Warum zeigte ihr vierter Vampirzahn nicht endlich seine Zauberkraft? Er musste eine haben, anders konnte es einfach nicht sein!

Verärgert schielte Polly auf ihren neuen Beißer hinab. Was für ein potzblitzblöder Zahn! Trotzig trat sie gegen das Sofa. Mit einem lauten Ächzen drehte es sich ein paar Mal um die eigene Achse und purzelte quer durch den Raum. Cornelius Schlottermotz war kreidebleich, als es ganz knapp vor seinen Füßen zum Stehen kam. Das aber bekam Polly gar nicht mehr mit: Mit bebenden Schritten stapfte sie bereits vom Hausboot …

Überrascht stellte sie draußen fest, dass Adlerauge sich nicht nur mit Roberta versöhnt hatte: Auch mit dem Wal schien er Freundschaft geschlossen zu haben. Während die Elefantin ihren Rüssel nutzte, um den Riesen im Kanal mit Wasser zu bespritzen, flog Adlerauge vergnügt zwischen den Tropfen hindurch und lachte.

Polly konnte so viel gute Laune nur schwer ertragen – immerhin stand ihr schon sehr bald ein potzblitzschrecklicher Abschied bevor. Grummelnd hockte sie sich ans Ufer und zog die Knie an ihren Körper heran.

Als Adlerauge sie entdeckte, flatterte er besorgt zu ihr und hängte sich an einen Zweig im nächsten Busch.

Polly warf ihm einen schmollenden Blick zu. »Sag bloß, ihr habt euch versöhnt?«

Adlerauge zuckte mit den Schultern und kicherte. »Alles ein großes dummes Missverständnis. Es gibt wirklich keinen Grund, eifersüchtig zu sein.«

»Ein Missverständnis?« Polly sah ihren Flatterfreund irritiert an.

Adlerauge gluckste. »Der Wal ist gar kein Wal, sondern eine Wal*in!* Fanny ist ihr Name! Und sie erzählt Roberta die weltallerwunderbarsten Geschichten von ihren Reisen rund um den Erdball. Hihi.« Plötzlich aber wurde er ernst. Mit großen Augen blinzelte er Polly durch seine Kontaktlinsen-Brille an. »Wir schaffen es doch, Fanny rechtzeitig aus dem Kanal zu retten, oder?«

Polly blickte auf das Wasser und verzog unglücklich das Gesicht. Der Pegel war gefährlich weit abgesunken. Nicht mehr lange, dann würde die Waldame auf dem Trockenen liegen. Zu gerne hätte Polly Adlerauge gesagt, dass sie Fanny retten konnte, aber das konnte sie nicht. Der ganze Schlamassel war einfach zu groß für ein kleines Vampirmädchen …

Als die Sonne hinter dem Kanal abtauchte und Polly wieder vom Boden aufstand, hörte sie plötzlich ein leises Rascheln hinter sich. Hektisch drehte sie den Kopf zu allen Seiten und sah sich um.

Adlerauge tätschelte ihr behutsam den Kopf. »Keine Sorge, Polly. Das ist nur eine Maus, die sich durchs Gebüsch wühlt.« Liebevoll drückte er ihr einen Kuss auf die Wange und flatterte zurück zu Roberta, die sich mittlerweile auf dem feuchten Uferboden niedergelassen hatte.

Polly nickte nachdenklich. Vermutlich hatte Adlerauge recht und es war nur eine Maus. Seufzend spazierte sie zurück aufs Hausboot.

In der Küche saßen die Familien Zappenduster und Schlottermotz um den großen Tisch herum und stocherten im Abschiedsessen. Winifred hatte nicht nur einen Haufen Pfannkuchen gebacken, sondern auch Steckrübenpüree, Blumenkohltorte und Spinatsuppe gekocht. Es duftete köstlich, aber die Stimmung war getrübt.

»Wir haben schon mal ohne dich angefangen«, schmatzte Winnie und deutete mit dem Löffel auf den letzten freien Platz am Tisch.

Polly setzte sich und nahm missmutig ihr Besteck in die Hand. Eine Weile lang sagte niemand etwas, dann griff Winnie sich die Schüssel mit dem duftenden Püree.

»Ist das hier eine Trauerfeier, oder was?«

Die anderen blickten einander betroffen an, schwiegen aber weiter.

Winifred schnaubte. »Wenn ich in meinem Leben eine Sache gelernt habe, dann die, dass man bis zum bitteren Ende feiern sollte! Wir sollten Spaß haben, hört ihr?«

Polly seufzte. »Und wie soll das gehen?«

Tante Winnie zögerte, grinste dann und griff in das Steckrübenpüree. »Na, so zum Beispiel!« Blitzschnell hob sie eine Handvoll Gemüsemus aus der Schüssel und schleuderte es quer über den Tisch. Das matschige Püree landete mitten im Gesicht von Pollys Papa.

Cornelius Schlottermotz wusste nicht, wie ihm geschah. Eben noch hatte er gedankenversunken in seinem Eintopf gelöffelt, jetzt aber schnappte er nach Luft und starrte Winifred fassungslos an. Sein Gesicht glühte unter der Steckrübenmaske wie ein Backofen.

»Winifred, jetzt reicht es aber endgültig!«

»Find ich nicht«, kicherte Pollys Großtante und warf gleich noch eine Ladung Rübenmatsch hinterher.

Pollys Papa wischte sich empört den Brei von den Brillengläsern – und schickte dann einen großen Löffel Eintopf zurück. Polly wusste gar nicht, was für mehr Überraschung sorgte: dass ihr Papa Winnie tatsächlich mit Eintopf bewarf, oder dass er dabei voll danebenzielte und stattdessen Graf Friedebald traf.

Der blinzelte entrüstet an sich herab. »Das … das war mein feinstes Gewand!« Und noch bevor Papa sich entschuldigen konnte, antwortete Isabellas Vater mit einer Handvoll Broccoli. Die grünen Röschen prallten an

Cornelius' Kopf ab und landeten in Justus' Schoß. Der blickte überrascht zu Leni und stimmte dann grinsend in die Essenschlacht mit ein.

Selbst Polly konnte sich nicht zurückhalten. Alles, was Winnie mit den Kindern in stundenlanger Arbeit vorbereitet hatte, flog nun durch die Luft und quer über den Tisch. Polly wusste, dass man Essen nicht verschwenden sollte, aber da sich alle zwischendurch die Finger und Gesichter abschleckten, landete am Ende doch der größte Teil der Köstlichkeiten in den Bäuchen.

Schon bald sah es in der Küche aus wie auf einem Schlachtfeld. Nudeln klebten an der Zimmerdecke und von den Wänden tropfte lauwarme Suppe zwischen matschigen Kleebeeren.

Für eine ganze Weile vergaßen alle, was ihnen bevorstand, denn das hier machte tatsächlich Spaß, oh ja. Blöd war nur, dass die Zeit noch viel schneller verging, wenn man Spaß hatte …

Ein Huhn tritt ab

»Heiliger Kartoffelknoten! Es ist ja schon fast Mitternacht!« Winifred blinzelte zwischen Steckrübenpüree und Gemüseflöckchen durch ihre Kontaktlinsen und schlug die Hände über dem Kopf zusammen. Wo war die Zeit bloß geblieben?

Konstanze blickte erschrocken an sich herab. »Am besten machen wir uns noch mal frisch. Unmöglich, dass wir so in der Vergangenheit auftauchen!«

In der Tat! Mit verschmierten Klamotten und klebrigen Gesichtern würden sie sicher nicht den allerbesten Eindruck erwecken. Außerdem mussten sie standesgemäß erscheinen – immerhin waren die Zappendusters eine waschechte Grafenfamilie!

Tante Winnie grinste. »Ich schlage vor, dass ich euch etwas aus meiner Verkleidungskiste raussuche. Ihr könnt ja schlecht in Jeanshosen und Yogahemden ins Jahr 1817 spazieren!« Kichernd verschwand sie die Treppe hinauf. Friedebald, Konstanze, Charlotte und Isabella eilten ihr hinterher.

Antonia Schlottermotz sah sich unterdessen in der Küche um. »Und ich schlage vor, dass wir in der Zwischenzeit dieses Chaos hier beseitigen.«

»Bist du sicher?« Papa grinste frech und bewarf sie selbstbewusst mit einer Scheibe Rote Bete.

Bevor der Rest der Familie sich noch einmal in eine klebrige Essenschlacht stürzte, huschte Polly ungesehen zur Tür hinaus. Sie brauchte jetzt einen kurzen Moment nur für sich alleine.

Draußen auf dem Holzsteg war es stockfinster und mucksmäuschenstill. Ein laues Lüftchen strich um Pollys Beine. Sie fröstelte und zog sich eine der Decken, die an der Bootswand lagen, fest um die Schultern. Es half aber nichts. Die Kälte, die sie spürte, kam nicht von außen, sondern aus ihrem Inneren …

Traurig setzte sie sich auf den Steg und ließ die Beine baumeln. Das Wasser war schon so weit gesunken, dass ihre Füße nicht nass wurden. Pollys Herz fühlte sich noch ein bisschen schwerer an. So viel stand gerade auf dem Spiel. Warum nur hatte ihr potzblitzblöder Zahn sie im Stich gelassen? Jeder andere Vampirzahn hatte eine Zauberkraft mit sich gebracht, die Polly gar nicht haben wollte. Nur dieser Zahn erwies sich als völlig nutzlos – ausgerechnet jetzt, wo sie so sehr noch eine weitere Kraft gebrauchen könnte!

Polly wäre am liebsten wütend geworden, aber alles, was sie spürte, war Hilflosigkeit. Sie würde Abschied nehmen müssen von Graf Zappenduster, seiner Frau und Charlotte – und vor allem von Isabella. Ein Leben auf dem Hausboot ohne ihre Freundin? Nein, das konnte Polly sich beim besten Willen nicht vorstellen. Und schlimmer noch: Polly wusste ja nicht mal sicher, dass es das Hausboot noch lange geben würde …

Mittlerweile war es bereits in eine Schieflage geraten. Bald schon würde es auf Grund laufen und unter seinem eigenen Gewicht zerbrechen. Polly schluckte und merkte, wie ihr erneut Tränen in die Augen stiegen.

Aber halt! Was war das? Plötzlich hörte Polly ein Geräusch! Waren das etwa wieder die Mäuse im Gebüsch? Nein, diesmal kam es eindeutig von der Regenrinne am

Hausboot. Hastig sprang Polly auf und drückte ihr Ohr an das Metallrohr. Sie konzentrierte sich und hielt die Luft an, um besser hören zu können. Versteckte sich dort etwa jemand?

Bevor Polly der Sache nachgehen konnte, stieß Graf Friedebald die Hausboottür auf und stolperte auf den Steg hinaus. Hinter sich her zog er einen riesigen Koffer, zwei vollgestopfte Müllsäcke und einen Kartoffelsack. Hinter ihm traten nun auch alle anderen aus dem Boot. Charlotte hatte sich einen Rucksack über die Schultern geworfen und Konstanze trug einen kleinen Jutebeutel. Ungläubig rückte sie zu ihrem Mann auf.

»Wir hatten uns doch darauf geeinigt, nur das Nötigste zu packen, Friedebald!«

Graf Zappenduster zuckte unschuldig mit den Schultern. »Das ist nur das Nötigste.«

Winnie drängte sich an den Kindern vorbei und warf einen Blick in einen der Müllbeutel. »Ist das etwa … mein *Fernsehapparat?*«

Der Graf holte tief Luft. »Meins, deins – jetzt seien Sie doch nicht so kleinlich, meine Werteste! Immerhin können Sie sich jederzeit ein neues Gerät besorgen.«

Charlotte kicherte müde. »Aber was willst du denn damit, Papa? Da, wo wir hinreisen, gibt es doch noch gar kein Fernsehen!«

»Ich möchte eben gut vorbereitet sein auf alles, was kommt«, erklärte Friedebald. Dann allerdings sah er den Blick seiner Frau und knickte ein. »Also gut«, gab er kleinlaut nach. »Die Flimmerkiste bleibt hier ... Aber die elektrische Zahnbürste und den beutellosen Staubsauger nehme ich auf jeden Fall mit, da gibt es keine Diskussion!«

Polly musste grinsen. Graf Friedebald war einfach unverbesserlich! Obwohl von seinem Körper kaum mehr als das Gesicht zu sehen war, trug er den stolzen Kopf immer noch ganz oben. Offenbar machte es ihm nichts aus, dass Winnie ihm das Hühnchenkostüm aus ihrer Verkleidungskiste verpasst hatte. So war er garantiert der Hingucker auf jeder Marktveranstaltung, egal in welchem Jahrhundert. Mama Konstanze steckte im Kleid einer Piratenbraut, und Isabella und Charlotte sahen aus wie zwei kleine Burgfräulein. Isabella hatte sich sorgsam die alte Schleife ins Haar gebunden, die sie all die Jahre im Rahmen getragen hatte. Insgesamt gaben die Zappendusters ein ziemlich lustiges Bild ab, auch wenn die Gesamtsituation kein bisschen zum Lachen war ...

Während Konstanze und ihr Mann noch über den Inhalt des Koffers diskutierten, räusperte sich Pollys Papa. An seinem Ohr hing immer noch ein Blumenkohlröschen.

»Ich möchte wirklich nicht drängeln, aber ihr solltet jetzt aufbrechen.«

Cornelius Schlottermotz hatte recht. Nicht mehr lange, dann wäre Friedebald vollständig verblasst, und dann würde sich der *Spiegel der Vergangenheit* endgültig schließen!

Auch Graf Zappenduster erkannte, dass die Zeit drängte. Wie schon beim letzten vermeintlichen Abschied stampfte er tapfer auf Winifred zu.

»Meine Teuerste, ich bin Ihnen zu tiefstem Dank verpflichtet!« Entschlossen drückte er sie an sein buntes Federkleid.

Winnie winkte ab und versuchte, cool zu bleiben, aber Polly konnte genau sehen, wie sie sich eine kleine Träne aus dem Auge wischte. »Jetzt werden Sie bloß nicht zu sentimental, mein lieber Herr von-und-zu, sonst gebe ich Ihnen noch einen saftigen Schimpfwörter-Schluckauf mit auf den Weg!«

Isabellas Vater nahm erschrocken Abstand und griff sich sein Gepäck. Erhobenen Hauptes nickte er allen anderen zum Abschied zu und trat an den Rand des Steges. Mittlerweile war das Wasser an dieser Stelle so seicht, dass man das Loch unten auf dem Grund trotz der Dunkelheit gut erkennen konnte. Graf Zappenduster blinzelte belustigt hinab.

»Ich hoffe, ich bleibe nicht stecken mit meinem Federkostüm. Dann wandert nur mein Allerwertester in die Vergangenheit und mein Hühnerkopf geht für immer verloren!« Er gluckste aufgekratzt.

Alle anderen blickten sich verwundert an. Dass Friedebald von Zappenduster einen Scherz machte, kam nicht besonders oft vor. Bevor sie aber in sein Kichern einstimmen konnten, verging ihnen allen das Lachen, denn plötzlich schoss mit atemberaubender Geschwindigkeit ein rotes Licht auf den Steg zu. Potzblitz! Polly traute ihren Augen nicht. »Ein Glühwicht!«

Das kleine Warnlicht war derart schnell und zielstrebig unterwegs, dass Graf Zappenduster keine Chance hatte, ihm auszuweichen. Wie ein Kirschkern landete es genau zwischen den Augen von Isabellas Vater, prallte dabei an seiner Stirn ab und plumpste hinab ins Kanalwasser. Dort erlosch es mit einem Zischen, während der arme Friedebald taumelte und schreiend das Gleichgewicht verlor. Glücklicherweise landete er auf seinem gut gepolsterten Hühnerpo!

Im nächsten Augenblick hörte Polly ein verdächtiges Geräusch: die Regenrinne! Und tatsächlich! Als ihr Blick dieses Mal am Rohr entlangwanderte, entdeckte sie sie: Lavinia und Fridolin Finsterfürst …

Pollys stärkste Kraft

Mühsam zogen sich die beiden Minischurken über den Rand der Rinne. Polly staunte, als sie erkannte, wie stark auch Lavinia und Fridolin bereits verblasst waren. Ganz offensichtlich hatten sie sich in dem rostigen Metallrohr versteckt, um zu erfahren, wo sich der *Spiegel der Vergangenheit* genau befand. Polly bemerkte, dass beide mächtig geschwächt waren. Ein Sprung in die Vergangenheit war ihre einzige und letzte Chance! Und diese schienen die Finsterfürsten jetzt, wo sie endlich genau Bescheid wussten, nutzen zu wollen.

Mit ihren allerletzten Kräften fassten die zwei Halunken einander an den kleinen Händen und sprangen hinab – direkt auf das rettende Loch am Grund des Kanals zu!

Nein! Das konnte, das *durfte* nicht sein! Polly wusste, dass der Spuk niemals ein Ende nehmen würde, wenn Fridolin und Lavinia es in die Vergangenheit schafften. Selbst wenn auch Familie Zappenduster zurückreisen würde, wäre die Gefahr nicht gebannt – im Gegenteil!

Sie konnten immer noch von den fiesen Schurken besiegt und vernichtet werden, und dann würde sich der finstere Fluch ein weiteres Mal über alle Vampire dieser Welt legen. Aber wie sollten sie Lavinia und Fridolin jetzt noch aufhalten?

Ausgerechnet Cornelius Schlottermotz erkannte, dass es nun auf Schnelligkeit ankam. Geistesgegenwärtig zupfte er sich den Blumenkohl vom Ohr und schleuderte ihn in die Flugbahn der hinabfallenden Finsterschurken. Pollys Papa hatte in seinem ganzen Leben noch nicht einen einzigen Ball getroffen, jetzt aber traf er! Und wie! Mit voller Wucht erwischte er Fridolin Finsterfürst am Hintern. Der riss schreiend seine Frau mit sich hinaus auf den Kanal. Bevor die beiden aber die Wasseroberfläche berührten, wurden sie von einer Sprudelfontäne in die Höhe gehoben. Obwohl Fanny kaum genug Wasser hatte, um selbst nicht auszutrocknen, setzte sie all ihre Kräfte ein, um die gemeinen Halunken möglichst weit weg vom rettenden Loch zu befördern. Mit allerletzter Macht schleuderte sie die beiden Finsterfürsten in hohem Bogen ans Ufer. Lavinia und Fridolin landeten benommen im Matsch.

Auf dem Steg hatte es allen die Sprache verschlagen. Familie Zappenduster, Leni, Lotti,

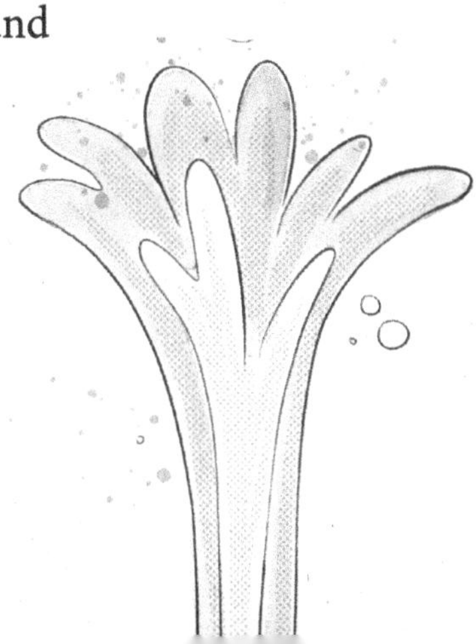

Justus, Polly und ihre Eltern konnten nicht glauben, was hier gerade passierte. Selbst Winnie wusste nicht, was sie sagen sollte. Sie hatte in ihrem Leben ja schon eine ganze Menge erlebt, aber so viel Aufregung auf einmal? Das war selbst ihr zu viel!

Ächzend richteten sich Lavinia und Fridolin am Ufer aus dem Matsch auf.

Antonia Schlottermotz kniff die Augen zusammen. »Sie versuchen zu fliehen!«

Tatsächlich fassten sich die beiden Minischurken schon wieder an den Händen und stolperten den Abhang hinauf. Es sah so aus, als wollten sie durch die Haustür auf Winnies Boot gelangen. Polly wusste, dass es Stunden dauern könnte, bis sie sie dann wiederfinden würden. Wie auf Knopfdruck setzte sich die gesamte Familie Schlottermotz in Bewegung und preschte aufs Ufer zu. Papa schnappte sich einen alten Besen, der an der Bootswand lehnte. Obwohl Lavinia und Fridolin noch in weiter Ferne waren, holte Cornelius immer wieder aus – und erwischte schließlich seine eigene Frau mit dem Besenstiel. Antonia Schlottermotz stolperte und riss ihren Mann schreiend mit sich. Dabei bremsten sie auch Leni, Lotti und Justus aus.

Jetzt kam es also auf Polly an! Ohne zu zögern sprang sie vom Steg hinab ins seichte Wasser und kämpfte sich bis ans Ufer vor. Nichts würde sie davon abhalten können, sich die Minifürsten zu schnappen! In der Tat sah es schlecht aus für die beiden Schurken. Polly hatte sie fast erreicht, es fehlte nur noch ein klitzekleiner Meter – da blieb sie plötzlich an einer Baumwurzel hängen und fiel bäuchlings in den Matsch.

Lavinia und Fridolin konnten ihr Glück kaum fassen. Sie hatten das rettende Hausboot beinahe erreicht und lachten feixend auf. Im nächsten Moment aber erlosch ihr gemeines Lachen mit einem saftigen *PLATSCH!*

Was war das? Atemlos kam Polly auf alle viere und schleppte sich die letzten Meter zum Hausboot. Und dann sah sie, was passiert war: Gulasch, der in der Dunkelheit vor dem Bootseingang graste, hatte offenbar sein Geschäft erledigt – und dabei die fliehenden Finsterfürsten unter einem gewaltigen Berg Pferdeäpfel begraben …

Winnie kicherte vergnügt, als sie die beiden stinkenden Minischurken in ein Marmeladenglas gesperrt hatte. »Sieht ganz so aus, als wäre es für euch *beschissen* gelaufen. Und zwar im wahrsten Sinne des Wortes!«

Lavinia und Fridolin polterten protestierend gegen das Glas und versuchten, Gulaschs Pferdemist abzuschütteln, aber es half nichts. Winnie ließ das fest verschlossene Einmachsglas in ihre Schürze hinabgleiten.

»Um euch kümmern wir uns später. Jetzt haben wir erst mal etwas Wichtigeres vor!«

Polly blickte traurig zu Familie Zappenduster. Papa Friedebald war bereits bis auf die Stirn, die Augen und den Haarschopf verblasst. Winifred hatte recht: Es wurde allerhöchste Zeit!

Antonia Schlottermotz klatschte in die Hände. »Es muss jetzt schnell gehen, insofern schlage ich vor, auf weitere Abschiedsszenen zu verzichten!«

Graf Friedebalds Haarschopf wippte dankbar vor und zurück. Dann griff seine verblasste unsichtbare Hand nach der seiner Frau. Konstanze schnappte sich Charlotte, und die streckte ihrer Schwester die Hand entgegen. Isabella aber zögerte. Unsicher blickte sie zu Polly, die ein Stück entfernt an der Bootswand lehnte und unglücklich den Blick senkte. Polly konnte einfach nicht zusehen, wie ihre Freundin für immer in der Vergangenheit verschwand. Und weil sie Isabella einen tränennassen Abschied ersparen wollte, biss sie sich lieber auf die Lippe und sah weg.

Charlotte wurde unruhig. »Isabella! Wir müssen springen!«

Schweren Herzens wandte sich Isabella ihrer Familie zu und seufzte. »Ich kann nicht mit euch kommen.«

»Was?« Charlotte starrte ihre Zwillingsschwester ungläubig an – ebenso wie alle anderen, die sich auf dem

Steg versammelt hatten. Selbst Cornelius Schlottermotz war zu verblüfft, als dass er das Vampirmädchen mit einem *Wie bitte* korrigiert hätte …

Polly blickte ihre Freundin überrascht an. Isabella erwiderte den Blick und nickte. »Ich stehe tief in deiner Schuld, Polly. Du hast mich damals aus dem Rahmen gerettet. Ohne dich hätte ich meine Familie niemals gefunden und befreit.« Sie schluckte. »Du hast es nicht verdient, unglücklich zu sein, bei allem, was du für mich und meine Familie getan hast. Deswegen bleibe ich bei dir.«

Polly konnte nicht glauben, was sie hörte. Isabella wollte tatsächlich hierbleiben, hier bei Polly und Winnie auf dem Hausboot?

Dankbar warf Polly sich Isabella um den Hals und drückte sie an sich. Tränen der Erleichterung schossen aus ihren Augen und liefen über ihr Gesicht. Isabella würde nicht gehen, nein, sie würde ihre Familie ziehen lassen und …

Potzblitz! Plötzlich pochte es in Pollys Brust. Sie hob den Blick und sah in die entsetzten Gesichter von Friedebald, Konstanze und Charlotte – oder zumindest dem, was davon noch übrig geblieben war. Konstanze und Friedebald würden ihre Tochter verlieren, Charlotte ihre geliebte Schwester.

Und da wusste Polly, was sie zu tun hatte …

Tapfer löste sie sich aus der Umarmung und sah Isabella tief in die Augen. »Du gehst mit deiner Familie.«

»Aber …« Isabella blinzelte sie irritiert an.

Polly fühlte einen Schmerz im Herzen, aber sie wusste, dass sie Isabella gehen lassen musste, denn alles andere wäre furchtbar falsch gewesen. War es nicht so, dass man manchmal die Dinge loslassen musste, die man am meisten liebte …?

Mit brüchiger Stimme wandte sie sich an Isabella. »Ich hatte so gehofft, dass mein vierter Zahn eine Lösung mit sich bringt, ja, ich wünschte, ich könnte euch alle hierbehalten! Aber mein Vampirzahn wird mir diesmal nicht helfen …« Sie schluckte. »Dieser Abschied fällt mir potzblitzschwer und ich werde dich immer vermissen. Aber wie sollte ich jemals glücklich sein, wenn ich weiß, dass du ohne deine Familie leben musst?«

Tränen strömten über Isabellas Gesicht. Sie fand keine Worte für das, was Polly gerade für sie getan hatte. »Und … was wird aus dir?«

Polly lächelte müde. »Ich komme schon klar. Du weißt doch: Ich bin Polly Potzblitz Schlottermotz, das stärkste Mädchen der Welt.«

Isabella grinste mit tränennassen Augen. »Ja, das bist du. Und noch dazu bist du die beste Freundin der Welt!« Dankbar schlang sie ihre Arme noch einmal fest um Polly.

Polly drückte sie kurz und schob sie dann behutsam zurück. »Geh lieber, bevor ich es mir anders überlege.«

Isabella zog sich ihre geliebte Schleife aus dem Haar und drückte sie Polly in die Hand. »Damit du mich nicht vergisst.«

Polly grinste und weinte gleichzeitig. »Als ob ich das jemals könnte!«

Isabella lächelte, huschte über den Steg und ergriff die Hand ihrer Schwester. Auch Charlotte und ihre Eltern warfen Polly einen dankbaren Blick zu. Und dann sprangen sie.

Der Moment, in dem Familie Zappenduster durch das Loch in der Vergangenheit verschwand, war für Polly der traurigste und glücklichste zugleich. Isabella war weg, aber ihre Familie war gerettet – und Polly wusste, dass sie das einzig Richtige getan hatte. Und plötzlich begriff sie, was Tante Winnie gemeint hatte. Die stärkste Zauberkraft von allen lag nicht in Pollys Zähnen, nein. Sie lag in ihrem Herzen.

Geschrumpft, verbannt, vergessen

»Das habt ihr gut gemacht! Sehr, sehr gut!« Hubertus Glockenschuss war eigentlich kein Mensch, der großzügig mit Lob umging, jetzt aber sprudelte er förmlich über vor Begeisterung.

Winifred hatte die Siebenschläfer angerufen, nachdem Familie Zappenduster durch den *Spiegel der Vergangenheit* verschwunden war. Ursprünglich wollte sie nur den morgendlichen Besuch der Familie Schlottermotz ankündigen, aber Hubertus Glockenschuss hatte darauf bestanden, dass es diesmal andersherum laufen sollte: Der Rat der Siebenschläfer würde höchstpersönlich auf Winnies Hausboot kommen und sich einen eigenen Eindruck von den abenteuerlichen Vorkommnissen machen.

Keiner der sieben ältesten Vampire konnte glauben, dass das, was Polly und ihre Liebsten von der Nacht erzählten, wirklich wahr war – aber es stimmte: Familie Zappenduster war rechtzeitig in die Vergangenheit gesprungen, bevor sich der Spiegel hinter ihnen für alle

Zeiten geschlossen hatte. Isabella und ihre Familie waren gerettet, und viel besser noch: Die Finsterfürsten waren immer noch hier!

»Was passiert jetzt mit ihnen?«, fragte Polly, als Agathe Löffelstiel Winnies Marmeladenglas an sich nahm.

Selbst die strenge Agathe schien äußerst milde gestimmt und wirkte fast ein bisschen stolz auf Polly. »Wir nehmen die kleinen Schurken jetzt mit!«

»Vielleicht spülen wir ihnen den Pferdedreck von den Leibern«, kicherte Hyazinthe Blumentopf.

»Vielleicht aber auch nicht«, ergänzte Letizia Bodenbecken glucksend.

Rufus Reibeisen hob die schweren Augenbrauen und legte Polly seine riesige Hand auf die Schulter. »Nicht mehr lange, dann werden die Schurken verschwunden sein.«

Die Zwillinge Egon und Hugo freuten sich einstimmig: »Und mit ihnen jede Gefahr!«

Hubertus Glockenschuss zögerte einen Moment und hockte sich dann vor Polly. Nachdenklich sah er ihr in die Augen. »Ich weiß, der Abschied von deiner Freundin ist dir nicht leichtgefallen. Aber es stimmt: Wenn die Finsterfürsten verblasst sind, ist die Gefahr für uns

Vampire für alle Zeiten gebannt. Wir sind frei.« Er holte tief Luft und lächelte. »Und das haben wir dir zu verdanken!«

Polly zuckte bescheiden mit den Schultern. »Ich war dabei ja nicht allein. Die anderen haben mir geholfen …«

Hubertus lachte auf. »Wer hätte gedacht, dass ausgerechnet ein kleines Mädchen uns alle befreit?«

Winifred räusperte sich und hob die Hand. »Ich hätte das gedacht!«

»Und ich erst recht!«, kicherte Leni.

Sogar Papa meldete sich zu Wort. »Es ist schließlich nicht irgendein kleines Mädchen, sondern meine Polly!«

»Meine Polly, meine Polly«, stimmte Lotti singend mit ein und drückte sich fest an ihre große Schwester.

Hubertus Glockenschuss klatschte auffordernd in die Hände. »Na, dann sollten wir eure Polly jetzt gebührend feiern, oder?« Sofort brachen Jubel und Applaus auf dem Hausboot aus. Oh ja, sie würden Polly feiern – so, wie sie es verdient hatte!

Polly aber verzog unsicher das Gesicht. »Ehrlich gesagt ist mir irgendwie nicht nach Feiern zumute.«

Überrascht hielten alle die Luft an.

Agathe Löffelstiel hakte nach. »Ist es wegen Familie Zappenduster?«

Polly schüttelte den Kopf. »Wir haben ja noch andere Probleme …«

Ratlos sahen sich die Siebenschläfer an. Dann blickte Hyazinthe zu Polly. »Was denn für Probleme, mein Kind?«

Polly seufzte. »Der Kanal hat kaum noch Wasser. Winnies Hausboot liegt fast auf Grund und die Waldame wird vertrocknen, sollte noch mehr Wasser abfließen.«

Hubertus nickte ernst. »Das ist tatsächlich ein Problem, ja.« Dann breitete sich ein schelmisches Grinsen auf seinem Gesicht aus. »Aber keines, das man nicht lösen könnte ...«

Der Regenschauer, der in den nächsten Stunden über dem Kanal niederging, war kräftiger und stärker als alles, was es in Hamburg jemals gegeben hatte. Die Siebenschläfer hatten all ihre Kräfte vereint und gewaltige Regenmassen zusammengebraut, die sich nun über dem fast leeren Kanalbett entleerten. Es prasselte und platschte gewaltig, und zwischendurch ließen Hubertus und seine Kollegen sogar einen kleinen Warnblitz hinabsausen – einfach weil es solchen Spaß

machte und es einen ordentlichen Grund zum Feiern gab!

Während sich die meisten Nachbarn wunderten, dass es ausschließlich über dem Kanal regnete, störte das kühle Nass Polly und ihre Freunde kein bisschen. Im Gegenteil: Sie sprangen lachend und singend durch die Pfützen. Papa tanzte im Regen mit Mama, Justus wirbelte Lotti durch die Luft, und Leni und Polly drehten sich mit den Siebenschläfern im Kreis.

Mit jeder Minute stieg das Wasser im Kanal. Bald schon erhob sich nicht nur Winnies Hausboot, nein, auch Fanny konnte wieder vergnügt abtauchen. Vor Freude sprühte sie eine übermütige Fontäne nach der anderen in die Luft.

Als Greta und Paul am Nachmittag dazukamen, konnten sie kaum glauben, was alles geschehen war! Natürlich waren sie ein bisschen traurig, dass sie sich nicht von Isabella und Charlotte hatten verabschieden können, aber sie freuten sich umso mehr, dass nun alle in Sicherheit waren: Isabellas Familie, Winnies Hausboot und die wunderbare Waldame Fanny!

Weil Winnie keine Lust hatte, diesen denkwürdigen Tag in der Küche zu verbringen, bestellten sie einen Berg Pizza und Eistorte und aßen draußen im Regen. So ein potzblitzfantastisches Fest hatte zuvor noch keiner von ihnen gefeiert!

Erst spät am Abend verabschiedeten sich die Siebenschäfer. Die winzigen Finsterfürsten steckten noch immer sicher verschlossen im Marmeladenglas. Bald schon würden sie verblassen wie alte Erinnerungen, und mit ihnen all die schrecklichen Gefahren, mit denen sie die Vampire einst verflucht hatten. Nie wieder würden Vampire echtes Blut trinken müssen, nie mehr würden sie in dunklen Gruften leben und das Sonnenlicht meiden müssen. Polly hatte tatsächlich geschafft, was vor ihr keiner vollbracht hatte: Sie hatte die Vampire befreit – für immer und alle Zeiten.

Als sie abends in ihrem Bett lag, beschlich sie trotzdem ein merkwürdiges Gefühl. Neben ihr im Bett schlummerten Leni und Lotti, während Justus in der Hängematte schnarchte. Polly war nicht alleine, aber trotzdem kam sie sich einsam vor. Die letzten Wochen hatte sie ihr Zimmer mit Isabella und Charlotte geteilt. Die beiden gehörten hierher wie die ausgestopften Vögel unter der Zimmerdecke und der alte Kleiderschrank neben dem Fenster. Ohne die Zwillingsschwestern wirkte das Zauberzimmer seltsam leer …

Polly schluckte. Würde sie sich jemals daran gewöhnen können? Oder würde sie fortan immer das Gefühl haben, dass in ihrem Zimmer etwas Wichtiges fehlte?

Nachdenklich drehte Polly sich zur Seite. An der Wand konnte man immer noch den Abdruck des Rahmens erkennen, in dem sich Isabella die letzten zweihundert Jahre versteckt hatte. Polly nahm Isabellas Haarschleife von ihrem Nachttisch und lächelte wehmütig. Und dann kam ihr plötzlich ein Gedanke. Potzblitz, natürlich! Es wurde Zeit für eine weitere Veränderung. Eine Veränderung, die alle betraf …

Polly trifft eine Entscheidung

Der nächste Morgen war ein Sonntag. Obwohl Polly in den letzten Tagen nicht sonderlich viel Schlaf gefunden hatte, war sie schon in aller Frühe wach und huschte heimlich in die Küche. Die anderen sollten ruhig ausschlafen, aber Polly war viel zu aufgeregt. Mit potzblitzgroßer Begeisterung rührte sie Pfannkuchenteig an, schlug Vanillesahne und kochte einen riesengroßen Topf von Winnies berühmter heißer Schokolade. Schon wenig später zog der weltallerköstlichste Duft durch das Hausboot und weckte sanft den Rest der Familie.

Als Antonia, Cornelius, Lotti, Leni, Justus und Winifred verwundert die Treppe runtertapsten, verschlug es ihnen vor lauter Köstlichkeiten die Sprache. Ungläubig blinzelten sie auf das Frühstück, das Polly für sie gezaubert hatte.

Papa Cornelius kratzte sich verschlafen am Scheitel. »Das ist ja eine schöne Überraschung!«

Tante Winnie kicherte schelmisch und schnappte sich gleich den dicksten Pfann-

kuchen. »Spuck es aus, Polly: Du hast doch etwas ausgefressen, oder? So ein Frühstück gibt es schließlich nicht einfach so!«

Polly musste lachen. »Ich wollte mich nur bei euch bedanken. Ohne euch hätte ich das alles nicht geschafft.« Dankbar blickte sie in die Gesichter ihrer Familie und Freunde, die sich nun um den Tisch drängten und herzhaft zugriffen. Winnie schmatzte laut auf ihrem Pfannkuchen herum, blickte Polly aber weiterhin skeptisch an.

Polly rollte mit den Augen. »Ich habe wirklich nichts ausgefressen, ich schwöre! Obwohl … na ja … vielleicht möchte ich euch hiermit um einen kleinen Gefallen bitten.« Unsicher biss sie sich auf die Lippe und sah zu ihren Eltern.

Cornelius und Antonia hielten überrascht inne. Pollys Papa schleckte sich den Schokobart von der Oberlippe.

»Und was soll das für ein Gefallen sein?«

Polly zögerte. »Die Sommerferien beginnen in zwei Wochen und ich möchte, dass ihr dann wiederkommt und mich abholt.«

Mama runzelte irritiert die Stirn. »Aber wir haben doch verabredet, dass du mit dem Zug kommst, um uns zu besuchen.«

»Ich weiß.« Polly nickte. »Aber ich denke, ich werde etwas Hilfe brauchen mit meinem ganzen Gepäck …«

Leni lutschte sich verwundert einen großen Klecks

Kleebeerengelee vom Finger. »So viel musst du doch gar nicht mitnehmen. Das meiste Zeug kann hierbleiben für die Zeit nach den Ferien.«

Polly seufzte und blickte dann zu Tante Winnie. Das hier fiel ihr nicht leicht, aber sie musste es ihrer Großtante jetzt sagen. »Ich werde nach den Ferien nicht hierher zurückkehren. Zumindest nicht, um hier zu wohnen ...«

»Was?« Tante Winnie fiel vor Schreck der halbe Pfannkuchen aus dem Mund.

Cornelius blickte angewidert auf den Pfannkuchenmatsch und räusperte sich. »Es heißt *wie bitte.*«

»Jetzt halt mal die Klappe, Cornelius!«, unterbrach ihn Mama. Sie starrte Polly genauso fassungslos an wie Winifred und die Kinder am Tisch.

Justus fand als Erster seine Sprache wieder. »Heißt das etwa, du ...?«

Polly holte tief Luft und nickte. »Ich komme nach Hause, ja.«

Während Lotti, Leni, Justus, Mama und Papa von ihren Stühlen sprangen und in lauten Jubel ausbrachen, sah Tante Winnie so aus, als hätte sie dicke fette Blasen an den Fußsohlen. Tränen glitzerten in ihren Augen.

»Aber du ... aber ich ... wir ...« Sie versuchte vergebens, einen vernünftigen Satz zu formulieren.

Polly stand nachdenklich auf und ergriff die Hände ihrer Großtante.

»Ich habe jetzt meine vier Vampirzähne und es gibt keine neue Zauberkraft mehr. Du hast mir alles beigebracht, was ich wissen muss, und noch viel mehr. Dafür danke ich dir.« Sie schluckte. »Nun ist es an der Zeit für mich, nach Hause zu gehen.«

Winifred kämpfte mit den Tränen. »Aber … aber du kommst mich doch mal besuchen, oder?«

»Kommt drauf an.« Polly grinste frech. »Ich bin mir nämlich nicht sicher, ob du dann noch hier bist.«

Alle am Tisch blickten Polly verständnislos an. Winnie blinzelte ratlos ihre Tränen weg. »Wo sollte ich denn sonst sein?«

»Na, zum Beispiel am Titicacasee!« Polly kicherte. »Oder in der dunkelsten Hexenküche von Ouagadougou?«

Winifred starrte sie an, als hätte sie eben ihre eigene Zunge verschluckt.

Polly blickte sie mit glänzenden Augen an. »Was ich damit sagen will, ist …« Sie drückte die Hände ihrer Großtante. »Du solltest wieder auf Reisen gehen!«

»Auf Reisen?«

»Unbedingt!« Polly riss sich los und tanzte um den

Küchentisch. »Fahr wieder hinaus in die Welt. Angel dir ein Abenteuer!«

Tante Winnie biss sich unsicher auf die Unterlippe. »Aber ich … ich hab mich doch hier zur Ruhe gesetzt. Ich bin doch viel zu alt und …«

Polly lachte. »Wenn du zu alt bist für ein Abenteuer, dann ist mein Papa ein Einhorn.«

Lotti schnappte diesen Einwand sofort auf und klatschte ihrem Vater begeistert ihre klebrigen Finger an die Stirn. »Papa Einhorn, Papa Einhorn!«

Leni, Justus und Antonia gluckst en vor Lachen.

Winnie aber kratzte sich nachdenklich am Ellenbogen. »Na ja … vielleicht … vielleicht hast du recht …«

»Natürlich hab ich recht!« Polly strahlte. »Deine Augen haben gefunkelt wie Christbaumkugeln, als Konrad von Hechtsuppe von seinen Reisen erzählt hat. Du gehörst nicht in den Ruhestand, Winnie! Du gehörst auf die sieben Weltmeere!« Vorsichtig nahm sie auf Winnies Schoß Platz. »Und ich gehöre nach Hause.«

Einen Moment lang herrschte Stille. Polly befürchtete schon, dass Winifred vergessen hatte, weiterzuatmen, dann aber lachte sie plötzlich laut auf und sprang vom Stuhl. Glucksend tanzte sie mit Polly durch die Küche und drückte sie fest an sich.

»Dir ist schon klar, dass ich bei jeder Gelegenheit in der Ostseebucht anlege, um euch auf die Nerven zu gehen, oder?«

Polly grinste. »Ich bestehe darauf!«

»Das muss gefeiert werden!«, verkündete Mama und hob ihre heiße Schokolade in die Höhe. Gemeinsam stießen sie auf eine potzblitzfantastische Zukunft an.

Als Justus die letzten Tropfen aus seiner Tasse schlürfte, verschluckte er sich plötzlich. »Oh Mist. Wir haben was Wichtiges vergessen!«

»Vergessen? Was denn?« Polly sah ihn ratlos an. Doch dann deutete Justus' Finger hinaus durch das Küchenfenster und Polly verstand.

Potzblitz, ja. Sie hatten tatsächlich etwas vergessen. Etwas Riesengroßes sogar …

Potzblitzgroße Reisepläne

»Roberta müsste schon längst zurück sein im Zoo!« Besorgt stürzte Polly hinaus ans Ufer und tätschelte den Rüssel der großen Elefantin. »Die Pfleger haben bestimmt schon gemerkt, dass sie fehlt.« Potzblitz! Polly machte ein unglückliches Gesicht. Hoffentlich würde das kein böses Nachspiel haben für Roberta! Gequält sah Polly sich nach Adlerauge um. Wo war der kleine Flatterich nur?

Justus kramte bereits ein Bonbon aus seiner Hosentasche. »Wir sollten nicht länger warten. Ich schrumpfe Roberta jetzt gleich und dann bringen wir sie schnell zurück. Vielleicht ist es noch nicht zu spät!«

Polly biss sich auf die Lippe. Hoffentlich konnten sie die geschrumpfte Riesin tatsächlich noch unbemerkt ins Elefantenhaus schmuggeln.

»Ist gut. Leg los.«

Justus ließ sich nicht zweimal bitten. Er riss das Papier runter und schob sich das Bonbon in den Mund.

Polly hörte bereits, wie er das süße Teil zwischen den Backenzähnen fixierte, um es kraftvoll zu zerbeißen – da schoss plötzlich ein Blitz vom Himmel.

Aber Moment! Nein, das hier war kein Blitz. Es war Adlerauge und er zischte wie eine Kanonenkugel von Pollys Zimmerfenster herab und schlug Justus' Hand von Robertas Rüssel. »Stopp! STOPP, STOPP, STOOOOOPP!«

Justus taumelte und landete fluchend auf seinem Hintern.

Adlerauge bäumte sich heldenhaft vor Roberta auf und boxte mit den Flügeln in der Luft herum.

»Nicht schrumpfen! Wenn ihr Roberta zurück in den Zoo bringen wollt, müsst ihr erst an mir vorbei, oh ja! An mir und meinen Muckis!«

Polly musste kichern. Adlerauges Muckis waren ungefähr so beeindruckend wie die einer Eintagsfliege. Trotzdem nickte sie und versuchte ernst zu blieben.

»Ist ja schon gut. Wir rühren Roberta nicht an.« Vorsichtig pflückte sie den Fledermäuserich aus der Luft und setzte ihn auf ihrer Handfläche ab. »Aber wenn sie nicht zurückgeht in den Zoo, wo soll sie denn dann hin?«

Adlerauge seufzte. Dann straffte er die Schultern und sah Polly entschlossen an. »Du musst jetzt sehr stark sein, Polly! Ich weiß, es wird dir das Herz brechen, aber … ich werde für eine Weile untertauchen.«

»Untertauchen?« Polly grinste.

Adlerauge rückte sich nickend die Brille zurecht. »Ja, ich weiß, du wirst mich furchtbar vermissen, aber jetzt muss ich auch mal an mich denken. An mich und Roberta!«

Polly hob neugierig die Augenbrauen. »Heißt das etwa, Roberta will auch untertauchen?«

Justus, der nur verstand, was Polly sagte, musste lachen. »Ein Elefant taucht unter! Das ist bestimmt total unauffällig!«

Adlerauge warf ihm einen strafenden Blick zu. Dann wandte er sich wieder an seine kleine Vampirfreundin. »Wir werden schon einen Weg finden, aus der Stadt herauszukommen.«

Polly musste grinsen. Eigentlich hatte sie sich davor gefürchtet, Adlerauge mitzuteilen, dass sie Hamburg verlassen würde, um nach Hause zurückzukehren. Jetzt aber war er ihr zuvorgekommen und Polly war potzblitzerleichtert! Auch wenn ihr natürlich noch ein paar Fragen im Kopf herumschossen.

»Wo wollt ihr denn hingehen, wenn ihr die Stadt verlassen habt?«

Der Fledermäuserich zuckte mit den Schultern. »Das wissen wir noch nicht. Wir lassen uns treiben. Fanny hat

Roberta mit ihrem Reisefieber angesteckt. Auf einmal hat Roberta das Bedürfnis, noch etwas mehr von der Welt zu sehen als nur das Elefantenhaus im Zoo. Und ich werde sie bei diesem Abenteuer selbstverständlich begleiten.« Wieder brachte er seine Flügel in Boxposition. »Nicht auszudenken, was passieren könnte, wenn eine junge Dame ganz allein durch die Welt reist.«

Polly lachte. Dass diese »junge Dame« etwa zweieinhalb Meter groß war und vier Tonnen schwer, schien Adlerauge offenbar außer Acht zu lassen.

Grinsend stupste Polly den kleinen Flatterich an. »Das finde ich wirklich sehr heldenhaft von dir. Auch wenn ich dich natürlich potzblitzfurchtbar vermissen werde!«

Die nächsten zwei Wochen vergingen wie im Flug. Als Polly Adlerauge erzählte, dass auch Winnie wieder auf Reisen gehen würde, stand schnell ein Entschluss fest: Roberta und der Fledermäuserich würden gemeinsam mit Winifred in die Welt hinaussegeln! Roberta kam das sehr gelegen. Sie war für weite Fußwege nicht zu begeistern und richtete sich liebend gerne ein zweites Mal in Winnies finnischem Dampfbad ein. Vom dortigen Balkon aus hatte sie auch eine wunderbare Sicht über den Kanal und alles, was auf der Reise sonst noch an ihnen vorbeiziehen würde. Außerdem meldete der Zoo die Elefantin natürlich umgehend als ver-

misst. Auf dem Hausboot war sie jedoch vor neugierigen Blicken sicher und konnte sich in aller Seelenruhe auf die Abreise vorbereiten.

Winifred arbeitete emsig daran, ihr Hausboot abenteuertauglich zu machen. Pollys Herz hüpfte vor Freude, als sie merkte, wie sehr ihre Großtante dabei aufblühte. Winnie war einfach ein Abenteuermädchen, und das würde sie auch immer bleiben, egal wie alt sie war.

Auch Polly bereitete sich auf ihre Heimkehr vor.

Der schwerste Teil war, Greta und Paul von ihrem Entschluss zu erzählen. Natürlich waren die beiden ein bisschen traurig, dass Polly nach den Ferien nicht wiederkommen würde, aber zum Glück freuten sie sich auch für sie.

»Außerdem kann ich dann endlich mal Urlaub auf dem Ponyhof machen«, kicherte Greta. Und auch Paul versprach, Polly so oft wie möglich zu besuchen.

In der Schule wartete sogar noch eine Überraschung auf Polly: ihr Quallenaufsatz! Frau Grübchen war mehr als begeistert und hatte Pollys Arbeit mit einem Extrasternchen versehen.

Polly musste lachen. Vielleicht würde sie ihr Verhältnis zu den Glibbertieren jetzt ja doch noch mal überdenken. An der Ostsee jedenfalls gab es genug Gelegenheiten dafür …

Auch Konrad von Hechtsuppe hatte Wort gehalten. An einem besonders sonnigen Sommernachmittag hörten Winnie und Polly ein ohrenbetäubendes Dröhnen. Als sie die Köpfe aus Pollys Turmzimmer steckten, sahen sie, wo es herkam: Der Walforscher hatte tatsächlich seinen Helikopter-Freund von der Küstenwache mobilisiert! Allerdings war der gute Mann mächtig verärgert, als er erkannte, wie es um den Kanal stand.

»Du hast gesagt, der Kanal wäre so gut wie ausgetrocknet, Konrad! Und von einem Wal sehe ich hier auch weit und breit nichts!«

Armer Herr von Hechtsuppe … Er konnte ja nicht wissen, was sich in der Zwischenzeit alles zugetragen hatte! Und so flog der Helikopter ohne ihn und vor allem ohne Wal zurück an die Küste.

Erst als Konrad unglücklich in einem Stück von Winnies Pfannkuchentorte stocherte, nahmen sich Polly und Winnie ein Herz und erzählten ihm, dass ein Regenschauer den Kanal und die Waldame gerettet hatten – und dass Fanny noch immer vor Ort war.

»Sie ist noch hier?« Die Augen des Walforschers leuchteten auf vor Begeisterung.

Oh ja, Fanny war noch da. Und das würde sie auch noch ein paar Tage bleiben – immerhin hatte sie eine ganz spezielle Aufgabe …

Walfisch ahoi!

Und dann kam er: Der große Tag der Abreise. Zum Abschied waren nicht nur Mama und Papa wieder nach Hamburg gekommen, nein, sie hatten auch diesmal Leni, Lotti und Justus mitgebracht. Nur Gulasch und Suppe mussten zu Hause bleiben, schließlich vertrug Papa den Geruch von Pferdeäpfeln im Auto nicht allzu gut …

Schon früh morgens hatte Polly ihr Gepäck mithilfe von Greta und Paul von Bord getragen und am Ufer abgestellt. Winnie hatte bereits eine rosarote Piratenflagge auf der Turmspitze des Hausbootes gehisst – sehr zum Vergnügen von Konrad von Hechtsuppe. Er hatte beschlossen, ein Stück mitzureisen und gluckste erfreut.

»Ich wollte immer schon mal auf einem waschechten Piratenschiff anheuern.«

Papa Cornelius betrachtete Winnies Hausboot mit einem großen Fragezeichen im Gesicht. »Also wenn du mich fragst, kommt ihr mit dem Ding nicht allzu weit. Mit dieser alten Kröte schafft ihr es doch nicht mal aus dem Kanal raus …«

Winifred blies sich empört ihre Locken aus der Stirn. »Hast du mein Boot gerade alte Kröte genannt? Pah! Die einzige Kröte, die ich hier sehe, bist du, Cornelius! Und ich habe das Gefühl, dass du schon sehr bald eine *schimpfende* Kröte sein wirst …«

Mit einem drohenden Blick griff sie an ihr Ohr, um Papa einen Schimpfwörter-Schluckauf zu verpassen, doch Polly hielt sie zurück.

»Nicht, Winnie! Drück zum Abschied mal ein Auge zu.« Sie zwinkerte und wandte sich an ihren Vater.

»Außerdem kriegt Winnies Hausboot ein bisschen Starthilfe.«

»Starthilfe?« Leni kicherte vergnügt. »Und wie sieht die aus?«

Polly grinste. »Sie ist ziemlich groß, hat eine Flosse und stößt gerne mal eine Fontäne in die Luft.«

Ungläubig wanderten die Blicke von Mama, Papa und den Kindern an den Bug des Bootes – und tatsächlich! Vor dem Hausboot tummelte sich Waldame Fanny im Wasser. Ein dickes Schiffstau war an ihrer Schwanzflosse befestigt.

»Das ist verrückt«, lächelte Justus. »Wirklich verrückt.«

Winnie kicherte. »Alles außer verrückt wäre mir zu langweilig!«

Im nächsten Moment trat Konrad von Hechtsuppe aus

der Hausboottür. Heiter winkte er Familie Schlottermotz am Ufer zu und rief dann in Richtung Dampfbad: »Wir sind bereit zum Ablegen!«

Wie auf Knopfdruck ließ Roberta ihren Rüssel aus dem Fenster baumeln und stieß einen Trompetentusch aus. Adlerauge, der auf ihrem Kopf saß, verlor vor Schreck das Gleichgewicht und plumpste in die Tiefe. Paul hatte ihm zum Abschied eine winzige Augenklappe geschenkt, durch die er sich wie ein wahrhaft verwegener Pirat fühlte.

Gerade noch rechtzeitig fing er sich in der Luft auf und flatterte zu Polly ans Ufer.

Polly blickte ihn grinsend an. »Du schreibst mir doch Postkarten von unterwegs, oder?«

Adlerauge kicherte und gab ihr einen Kuss. »Ich kann doch gar nicht schreiben. Aber du wirst sicher auch so von uns hören: Die *Abenteuer von Käpt'n Adlerauge* werden wie ein Lauffeuer um die Welt gehen!« Dann erhob er sich in die Luft und flatterte zurück zu Roberta. Die stieß einen zweiten Tusch aus.

Konrad von Hechtsuppe wedelte Winnie aufgeregt zu. »Sind Sie bereit, Fräulein Winifred?«

Tante Winnie kicherte und wurde fast ein bisschen rot dabei. »Für ein Abenteuer bin ich immer bereit!« Übermütig schlang sie ihre Arme um Polly und drückte ihr einen saftigen Schmatzer ins Gesicht. »Wir sehen uns wieder, Polly, das ist dir doch klar, oder?«

Polly wischte sich eine kleine Abschiedsträne von der Wange. »Natürlich sehen wir uns wieder. Und jetzt geh schon, sonst legen sie ohne dich ab!«

Das ließ sich Winnie nicht zweimal sagen. Mit federnden Schritten hüpfte sie auf ihr geliebtes Boot und machte die Leinen los. »Walfisch ahoi!«, rief sie, und Fanny setzte sich mit einem Ruck in Bewegung. Roberta winkte mit ihrem Rüssel aus dem Fenster und Adlerauge drehte einen übermütigen Looping.

Winnie und Konrad von Hechtsuppe wedelten zum Abschied wie wild mit den Armen, und Mama, Papa, Polly, Lotti, Leni und Justus winkten lachend zurück. Mit jedem Meter wurde das Hausboot kleiner. Als es die Brücke an der Osterstraße beinahe erreicht hatte, griff Papa sich den ersten Koffer.

»Ich fange schon mal an, den Wagen zu beladen.«

Sofort packten alle mit an. Leni, Lotti und Justus schnappten sich die restlichen Taschen und Koffer und stapften den Abhang hinauf zum Auto.

Nur Polly stand weiterhin am Ufer und sah dem Hausboot nach.

»Ist alles in Ordnung bei dir?«, hakte Mama vorsichtig nach.

Polly zögerte und lächelte dann. »Ja, ich brauche nur noch einen kleinen Moment.«

Antonia Schlottermotz nickte verständnisvoll und folgte den anderen zum Wagen.

Polly atmete tief durch. Das Hausboot mit Winnie, Roberta und Adlerauge war nur noch ein kleiner Punkt am Horizont. Bald schon würde Fanny sie aufs Meer hinausgezogen haben und dann würden neue Abenteuer auf sie warten. Polly aber blickte zurück auf das Abenteuer, das sie in den letzten Monaten erlebt hatte.

Als sie in Hamburg angekommen war, hatte sie nur einen einzigen Vampirzahn gehabt und keine Ahnung, was sie erwarten würde. Jetzt hatte sie vier neue Eckzähne, drei davon mit potzblitzstarken Zauberkräften – und einen weiteren *Zahn der Zeit* im Gepäck. Sie hatte Freunde fürs Leben gefunden und unvorstellbare Gefahren gebannt. Und zum Schluss hatte sie Abschied nehmen müssen …

Nachdenklich zog Polly Isabellas Schleife aus der Hosentasche und lächelte wehmütig. Dieses Abenteuer war vorbei, aber Polly spürte, dass neue Abenteuer kommen würden. Sie wusste nicht, was die Zukunft für sie alle bereithielt. Sie wusste nicht, wie es Isabella und ihrer Familie in der Vergangenheit ging, was Winnie und ihre Mannschaft erleben würden und ob Greta und Paul ohne Polly zurechtkämen.

Eine Sache aber wusste Polly ganz genau: Eines Tages würden sie sich alle wiedersehen! Und das zu wissen, fühlte sich potzblitzgut an.

Astner, Lucy:
Polly Schlottermotz
Walfisch Ahoi!
ISBN 978 3 522 50536 9

Gesamtausstattung: Lisa Hänsch
Innentypografie: FSM Premedia GmbH & Co. KG, Münster
Reproduktion: Digitalprint GmbH, Stuttgart
Druck und Bindung: GGP Media GmbH, Pößneck

MIX
Papier | Fördert gute Waldnutzung
FSC® C014496
www.fsc.org

4. Auflage 2023